青春纯美悦读季

用梦想撬动世界

主编/邢涛
分册主编/龚勋

聪明男孩的智慧书

浙江教育出版社·杭州

前言

阳光少年的青春成长日记!

“生活赋予我们一件巨大而又无比高贵的礼物，那就是青春：它充满力量，充满期待，充满求知的动力和斗争的志向，充满永不磨灭的信心和活力。”苏联作家奥斯特洛夫斯基曾这样说过。没错，青春是如此美好，它星光璀璨、魅力无边，吸引年少的我们肆无忌惮地畅享时间；同时，青春又是如此的吝啬、如此的短暂，与我与你，也不过是漫长生命里的弹指一挥间。

如果说青春是一曲正在谱写的赞歌，那么可爱的男孩们，无疑就是青春乐谱上最调皮但又最具律动感的快乐音符。青春期的男孩是什么样的？有人说他们叛逆，有人说他们狂妄，有人认为他们倔强，也有人觉得他们积极乐观……但任谁也无法否认，他们全都对生活充满热忱，对未来怀揣梦想，对知识充满了渴望。就是在这种不断的探索和学习中，男孩们慢慢成长，不仅掌握了知识，还学会了责任与担当。而在这一过程中，他们又总会被一些沐浴着人性光辉和昭示成功哲理的故事所打动。

这些故事像一道道闪电划过人生的长空，用信仰、坚持、勇敢、智慧、善良来鼓舞和激励男孩，使他们开始思考人生，追赶成功，挑战未来。在这里，我们将启迪男孩心智，激励男孩奋进的故事集结成册，馈赠给男孩们，是送给他们的一份成长的厚礼。

读一册勇敢男孩的冒险故事，在惊险刺激里体验前所未有的惊心动魄；读一册进取男孩的励志故事，留住学习、生活和成长中的点滴进步与感动；读一册聪明男孩的智慧故事，于智慧光芒的碰触中汲取前行的营养与力量。

愿我们的小小努力，能为男孩们点燃一盏心灯，照亮他们的青春之路。希望我们的礼物能让男孩们感受到生活的光明和美好，能予以他们智慧的启迪和美的向往。

目录

CONTENTS

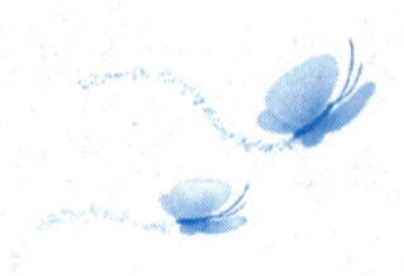

1

八班乱象

北　董

在喧闹的校园里，我们健康地成长，请给予一缕阳光，带着感动，任何东西都会成长得更加茁壮。

我们八班……

唉，叫我说什么好呢。

我是个不爱出头的人，班风不好，我只好忍着。我也曾抱怨过，可是爷爷说："班风不好，你一个娃娃家哪有回天之力？再说啦，垃圾堆上还能长出向日葵呢，你个人有主心骨就行！"

唉，我的爷爷哟，垃圾堆咱见的多了，那上头有几棵向日葵呀？说句心里话，我纠结啊我。

我们八角城第三实验小学，是一个"藏龙卧虎""高人辈出"的集体。在我们全城，五（8）班，"谦虚"地说是"小有名气"，实事求是地说，是乱象丛生啊。

丁零零，上课了。语文老师迈着模特般的步子走进教室。"咦？"里面五十多名同学个个趴在桌子上睡觉！"呼噜噜，呼噜噜……"鼾声大作。我呢，不想众叛亲离啊，也一样趴在桌子上，假装着人在梦乡了。

"难道第一节就午休了？"我能猜得出，语文老师一定非常惊讶地这么想。

2

“喂，醒醒，都醒醒！”老师怕她40分钟的课缩水，不停地拍着讲桌，只恨手里没有一面铜锣。

“呼噜噜，呼噜噜……”

“都醒醒！醒一醒！班长，喊起立啊！”

“呼噜噜，呼噜噜……”班长在哪儿？班长今天不是没来嘛。

“别睡啦，别睡啦，醒一醒！一大早哪来的这么困啊！”

“呼噜噜，呼噜噜……”

“叭！”一声脆响。我知道，是女教师的教鞭敲在讲桌上了。我悄悄看见，讲桌疼得打个哆嗦，桌面上冒起一股袅袅的白烟。

“上课了不知道啊？听没听见打铃？你们班怎么啦？要罢课咋的？”

“唰！”我们全部抬起了头。

“老师好！”我们异口同声，整齐得像刀切韭菜芽。

“我的妈呀！吓我一跳……呃，同学们好！”老师像个小女孩一样回应。

下面，就属于她的语文课了。

这样的场面，你或许没大见过吧？而在我们五（8）班，类似的场面司空见惯：比如，某节课，大家会莫名其妙的集体面朝天花板，哈欠连连，争先恐后的，像表演赛；或者莫名其妙的同时双目紧闭，五官就好像只剩下四官；或者莫名其妙的都脱掉鞋子，晾出前面的“大枣”，后面的“萝卜”……我们五（8）班，乱归乱，但有一个特点是了不起的，那就是“步调一致”。当然，如果是打哈欠，就是“嘴”调一致，如果合上眼睛“品”课，就是“目”调一致了……

知道这是为什么吗？

记得当初，有个瘦猴般的男生叫穆笛，小脑瓜比水银珠还灵。他说，我们班哥们姐们有五十多个人，大家都来想点子，智慧就是无穷的了。我们选出最好的点子，集体演示出来，结果还用问吗？——肯定“味道好极了”！

瘦猴穆笛早已转校到克拉玛依，可是他把“味道好极了”长久地留给了我们。比如我们哥们姐们大换鞋，不许动手只用脚拨，踢来踢去的，个个都乐成了遭了晒的雪糕，连个儿都挺不起来。比如我们……唉，反正这样的事例数不胜数。

“就说你们这个班啊……”新来的娃娃校长大驾光临，参加我们的班会，“就说你们这个班啊，就说你们这个班啊，怎样呢？有趣！有趣！——喂，怎么，怎么一副副都是鬼脸儿啊？”

现在，我们是“脸”调一致了——个个努力瞪大双眼，紧闭嘴巴，眼皮眨都不眨。

“哈哈，好，好啦，请放松吧，同学们！”娃娃校长说。

“噗——”我们人人长出一口气，“解放”了五官。

“我知道你们叫我娃娃校长。”娃娃校长说，“你们嫌我岁数小，没学问。我现在就表个态，今后我好好学习行不？”

“哟，还算谦虚。”男生鲍林琪小声说。

“不是谦虚，”娃娃校长耳朵尖，听见了，“是实事求是嘛。娃娃校长虽然是校长，可是‘长龄’不过一年，没有经验，非常希望听到五（8）班同学们的意见。”

“哪有校长听学生意见的，听局长的还差不多！怎么这样装模作样啊！”女生葛逢春向来说话要捋下巴，像男人摩挲胡子那样。

“局长的，也得听。”娃娃校长耳朵就是尖，又听见了，“大鬼管小鬼，老A管老K，老K管疙瘩（Q），一级管一级，咱不听行吗？可是，同学们的意见我也非常想听一听的。我发誓，我娃娃校长不是装模作样！”

4

“娃娃校长——不，校长，”女生洛焉焉竟站起来，郑重其事地说，“校长您好！”

大家哗一声笑了。都见面老半天了，还问什么好啊！

“笑什么笑!”洛焉焉“柳眉倒竖，杏眼圆睁”，扫视全班，“我还没说完呢！”

“你接着说，接着说。”娃娃校长说。

洛焉焉问：“敢问校长大驾光临，对敝班有没有什么新政策呀？”

“你说什么？比办？”娃娃校长没听懂。

“我说‘敝班’，‘敝人’的‘敝’。”洛焉焉用一根指头做空书。

“哦——明白，‘敝人’的‘敝’。”

“洛焉焉，”班主任从座位上站起来，尽力显出平静的脸色，说，“林校长固然很平易，可是我们做学生的，也要有分寸啊。你一个女孩子不好好说话，‘敝人’什么！”

“苏老师，您别急。”校长说罢，抓抓脑壳，“要说新政策嘛——有的有的，只是，还没想出来呀！大家能不能帮帮——‘敝人’呢？”

大家又哗一声笑了。娃娃校长有趣。

“如果说，”洛焉焉的胆子一定是有点膨胀了，她斜睨一眼班主任，然后对校长说，“我用肢体做出一个谜面，就是表演一个谜面，请您来猜一猜谜底，您可以放下校长的架子配合我吗？”

突然响起了掌声。

“你说……猜谜语吗？”娃娃校长问。

“对的，猜谜语。敝人现在可以上台吗？”

“洛焉焉，这是上课，你别个性太强了好不好！”班主任觉得丢了面子，鼻子不是鼻子脸不是脸地说，“注意，大家都安静，不许胡闹，听林校长给我们作指导！”

“苏老师别急，没有个性就没有精彩的世界嘛。”娃娃校长说，“有请这位女同学，请到前面来。”

突然又起了掌声。

“没关系苏老师，”娃娃校长安抚班主任说，“这毕竟比不了‘军演’嘛。”

“欢迎洛焉焉闪亮登场！”老鲍乘机嚷嚷了一句。

洛焉焉甩甩头发，噔噔噔走上讲台，说：“有一首诗，一共四句，是杜甫的。最后一句呢，请看我的表演——校长，我可以碰您吗？您放心，我虽然会散打，但不会特别用力弄伤您的。”

娃娃校长显然有点懵，可是他笑笑说：“我谅你也不至于把‘敝人’打个‘头破血流’吧。”他把教鞭递给了洛焉焉，“请碰吧！——‘高抬贵手’啊！”校长笑得像个大孩子一样灿烂。

洛焉焉把教鞭放下了，她说：“不用教鞭。请您注意啦。”她拉过校长的一只手，在手背上动作夸张地掐了两下，然后，抬腿朝校长屁股踢了一脚，“您猜吧，这是哪首诗？”

校长目光茫然，脸蛋儿立马涨红了。他望了望手背，摸了摸屁股，颇费思索的样子，眉毛绞成了两个疙瘩。

班上鸦雀无声。

洛焉焉好生洋洋得意。

其实我也读过不少唐诗，因为爷爷喜欢书法，喜欢古诗词，逼着我背诵了三十多首唐诗。可是洛焉焉这疯丫头的表演，又掐手又踢屁股的动作，说明了什么呢？

“你说……你表演的是一首诗的第四句，是吧？”校长要砸砸实。

“是的，某一首诗的第四句。这首诗里，写了花，写了鸟，写了蝴蝶。”洛焉焉提示了一下。

“洛焉焉你应该告诉校长，诗是五言的还是七言的。杜甫的诗太多了，你这不是让校长大海捞针吗！”苏老师给校长清障。

“是七言的嘛！”娃娃校长说，同学们有些吃惊。

洛焉焉眼睛一亮，点了点头。

“哈哈——谜底跑不了啦！‘敝人’猜着啦！”娃娃校长手舞足蹈地叫起来。

“那您说吧！”洛焉焉催促道。

娃娃校长就摇头晃脑地吟哦起来：“‘黄四娘家花满蹊，千朵万朵压枝低。留连戏蝶时时舞，自在娇莺恰恰啼。’《江畔独步寻花七绝句之六》。花、蝶、鸟啊，‘掐——掐——踢’哟。谢谢这位女同学，很有才啊！”

从来没有如此热烈的掌声啊，五（8）班的屋顶可别掀翻了！娃娃校长你行啊你！大家肯定心里都佩服。

洛焉焉深深地给校长鞠了一躬，抬起头来的时候，女孩竟已泪流满面……

说不清为什么，我也想哭。

第二天，班主任苏老师说：“‘掐——掐——踢’，就算把我杀了，我也想不出答案来！林校长不愧是学中文的，古文底子果然深厚。林校长说，洛焉焉同学的小游戏特别有意义；而且还说，我们班蕴藏着丰富的智力资源和特殊的活力。他说，我们班没准会蔚然而成某种特别的新鲜局面。”

“掐——掐——踢”带来的兴奋，骚动了我们的心。我这个最不爱出头露面的人，也忽然勇敢起来，抖起胆子提出个请求：请林校长再给我们上一次班会。

我跟班长高尔础说了，高尔础转述给苏老师，苏老师又去请示娃娃校长。

“得寸进尺也！”鲍林琪在我腮帮子上掐了两把，又踢了一下我的屁股，说，“你小子，被‘掐——掐——踢’冲昏头脑了？贪得无厌也，得锅台就要上炕也！”

我说：“保龄球（鲍林琪的外号），你别太消极了，你没见娃娃校长宰相肚子能撑船吗？我请校长来参加我们的班会，这怎么算贪得无厌？不行就拉倒，反正也没成本。”

第二天早自习，苏老师转来林校长的话，校长答应，愿意来参加我们的班会。校长还说，他将如女生洛焉焉所期望的那样，为我们表演肢体语言，让我们大家竞猜成语谜底。我们学生也可以组成若干个四人小组，以四个人的肢体语言一起表演成语的谜面，他和同学们一起来竞猜。校长还说，他将用他个人养的六只小兔子作为奖品，颁发给前六名参赛选手。

真给力！

一时间，全班掀起了背诵《成语词典》的热潮，我们总不能让娃娃校长把我们赢得落花流水吧。同学中，读唐诗的也多了，李商隐啊，贺知章啊，仿佛一下子都成了我们的忘年交。

“步调一致”地整洋相，还“味道好极了”吗？起码我是不认可了，还是干点正经事吧！

天真岁月不相欺

程　琳

学习之路也许有些寂寞，如果一时耐不住，便会沉迷到缤纷的虚拟世界里去；可是同行的路上，总会出现一双手，把同伴拉回到曾经的路上，继续相互鼓励着一路前行……

学霸轮流做

发考卷的时候，“众生”的哀号声不绝于耳，而我则面对江山一片红的卷面低头装死。

同桌陈帆帆只扫了一眼自己的卷子，便将注意力转到了我的身上：“你怎么考得比上次还差？”大部分科目都是将将及格了，换了两个月前，谁敢想象“学霸”会考成这样子？

“第一还是岩峰同学，能蝉联两次实在是不容易。”班主任的表情甚是欣慰，大伙儿也配合着热烈鼓掌。

好不容易熬到了下课，我正打算把卷子收进抽屉里，却被人一把抢了过去。

“哟，这不是曾经的学霸吗？现在这是怎么啦？快来看看岩峰的成绩，分数是你的两倍吧？”依兰一副幸灾乐祸的表情。

“我好像记得某人以前的成绩也是我的一半？”

依兰被噎得脸一阵青一阵白的，我趁势就想把卷子从她手里夺回来，没想到又被一双大手抢了先，原来是林岩峰。

“岩峰，是你啊，快把卷子还我。”我以为他是要替我拿回卷子，便压下了火气，没想到他却如未闻，皱着眉头仔细看起了卷子。

“果然是风水轮流转啊！下次说不定你和依兰之间也能整出两倍的差距来。”岩峰将卷子甩到了桌上，就绕回到自己的位置上了。

我万没想到林岩峰的态度会如此恶劣，只觉得以前真是看错了他！但看着他被众人围绕时那副拿捏得当、谦虚又高调的表情，不由沉默了。这种表情，大概和曾经的自己是相仿的吧……

神秘的X霸

坐在电脑前，我把画面里的那些怪兽当作那些讥笑我的人，暗自解气一番之后，又倍感泄气。

其实我和林岩峰都是A城重点高中的高二学生，都是年级公认的学霸，一直以来也是良性竞争。但是我迷上了网络游戏，不能自拔，这才导致成绩一落千丈。

“嗨！”正当我陷入关于“自己是如何堕落的”这个问题的沉思时，有人在游戏上私聊了我，对方的名字叫X霸。

“嗨！能救救我不？我快被怪物挤成肉饼了。”正巧我的角色被怪物包围住了，我就故意随口给他出了个难题。他要是真的在附近给我解了围，就交个朋友，不在的话想必也会知难而退。

出乎意料，有人加入了血战，怪物很快散开，我终于看清了“救命恩人”——X霸。

“都解决了！组个team可以吗？”他没有过多居功，友善地向我发出了邀请。

我欣然接受，能提高经验值，谁不愿意，不过他的这一做法倒是让我有了几分好感。“我以后就跟你了，明天要是升不到二十二级，小心我KO你！”

“OK！”说着他就开始出手了，我的经验值果然噌噌地涨，有种坐享其成的得意。

“对了，你的网名叫X霸？为什么？”我闲下手以后，忍不住问了一句。

那边隔了几分钟才回说：“你可以随便拿字替这个X，比如麦霸、恶霸、拳霸、学霸……”

“我有事要走开，挂着机，你继续带吧。”我本来不错的心情让“学霸”两个字给毁了。

“先别急着走！你可以把账号给我，这样也不用挂着机了，我直接帮你练级。”这次他的信息跟来得很快。

我想了想账号是新的，也没有其他个人信息，即使丢了也没什么可心疼的，就随手给他了。

出书房前，瞥见了墙上的挂钟，心里一算，我想这大概是我迷网络游戏以来，开关机间隔时间最短的一次了。

诬陷作弊

高二下学期的期末考试，已是六月的中旬。在同学的抱怨声与哀叹声中，我和每个人一样，顶着将近40摄氏度的高温，和一些我认识却懒得理睬的题目作着战。

最后一门政治，我很快便答完了。正当我检查完毕，百无聊赖的时候，一个纸团突然从前方扔来！我正考虑着要不要装作没看到，但那纸团却落在了我的座位旁边……

“老师——你看云小暖的座位旁边是什么？”依兰突然站了起来。

监考老师走到我身边，捡起纸团展开一看：“纸条上的答案是谁写的？”

能从那个方位把纸条扔到我这里的人左右不过四个，帆帆肯定不是，而另外两人素来少有来往，只有依兰有嫌疑。否则大家都在认真检查答题的时候，凭什么是她第一个发现？

“是我写的，我只是想让小暖帮我看看……”帆帆却突然站出来承认那纸条是她写的。

“不对！老师，我分明看到是从依兰那个方向扔来的！”我不能让帆帆背黑锅。

“你——你血口喷人！”依兰听了我的话，大声辩驳。

监考老师喝止道：“行了！都先坐下继续考！等考试结束，我去调录像！”

这时后排却突然有人插话，“老师，不用看了，我能证明，不是依兰也不是帆帆。”

“那是谁？”插话的是林岩峰，监考老师当然深信不疑。

我疑惑地转身望向林岩峰，晕晕乎乎地看着他的嘴巴一张一合，吐出了三个字：“云小暖。”

“云小暖，考完试到办公室来。”监考老师果然信以为真。

我冷笑一声坐了下来，人都说患难见真情，我这可倒好！

学霸的瞌睡

鉴于我认错态度良好，加之作弊未遂，所以老师只是给了我一个口头警告、单科零分的处分而已，也不通报批评了。

“小暖，你没事吧？怎么处理的啊？”帆帆一脸担忧。

“没事啊！虽然没做，但是诚恳认错，老师就没怎么处罚我。只是有些人，自己要心里有数！”我老远就看见依兰和林岩峰两个人在不远的走道处窃窃私语，刻意放大了音量。

那次考试林岩峰仍然是不容置疑的年级第一，而我差一点因为单科零分进了白榜。但那之后，我就发现他常常顶着黑眼圈来学校，上课的时候经常顶不住就睡着了，几次小测验和单元考试成绩也不如以前拔尖了。

“林岩峰他最近好像状态很不对啊……”帆帆对我兴高采烈地咬耳朵，“我看他上一节数学课，从头睡到了尾。老师的脸色都很难看了……”

“你上课不专心听讲，老观察别人！人家怎样关我们什么事？”我随手拿书本敲了敲她的脑袋，嘴上虽这么说，心里也不禁暗爽。

“小暖，我觉得你最近的成绩好像回升不少啊！回心转意了？”帆帆用胳膊撞了撞我。不过说来也奇怪，自从那个X霸要了账号去帮忙练级以后，我就发现自己没那么迷恋网络游戏了，也能多抽出那么一点时间用于学习了；而且即使在玩游戏，我也是和X霸聊天居多，时间久了发现他倒很健谈，并且很有见识。

“也不是啦……”我还没来得及把X霸的事情告诉她，上课铃声就响了，这节课是地理，地理老师几乎与铃声同步到班。

“上课！”

“起立！”

全班同学都整顿精神唰地站了起来，唯独一个人还坐着，正是还在呼呼大睡的林岩峰。

“林岩峰，下课到我的办公室来！”这不是他第一次在地理课上睡觉了，地理老师能忍到今日不容易了。

真相不只树洞才有

“你很高兴？”林岩峰从办公室出来，与我擦肩而过的时候，突然问我，“你想不想知道，上次是谁诬陷你作弊？”

我从他缓缓张开的手里取出那张被揉成团的纸条，慢慢展开，上面的字迹使我震惊和愤怒——那是帆帆的字！

我不知道我是怎么走过长长的走廊，一步步回到教室的。我把那张纸条死死攥着，握出了一手的汗，直到字迹模糊。

我成了独行侠，帆帆几欲解释，都被我的冷淡拒于千里之外。我开始化憎恶为力量，从哪里跌倒就从哪里爬起来，努力学习。

直到有一日，我看到桌上压着一张条子：“十二点半，天台见。依兰。”

我一个人去了天台，并躲在一边想先看看情况。

“林岩峰，你还打算这样沉默到什么时候？”我先听到了依兰质问林岩峰的声音。

“林岩峰，你说话啊？为什么骗我说只要我把纸条按照你说的写好，扔到小暖的桌边，不仅可以让她重新振作，你还愿意帮她补习功课？为什么事到临头你却诬陷小暖作弊？”帆帆的声音异常愤怒，“你还捏造我背叛她的事实，害得我们现在……”

我听得心里一阵苦涩，我竟然这么轻易就听信林岩峰的一面之词，错怪了帆帆。

“我来说！林岩峰他为了云小暖，设了一个局，不惜让自己做了小人，被云小暖鄙视，被你唾骂，还每天晚上熬夜替云小暖打游戏……”依兰给帆帆的解释让我蒙住了，接着她又冲林岩峰质问，“我帮你在出成绩的时候刺激她了，人家一声不吭！我帮你诬陷她作弊，人家干脆承认了！她好强？她自尊？那她怎么没有像你所想的那样反击？”

“我不伟大，我也有私心。我不希望以后学霸这个位置只有我孤独一个人，总希望能有个伴。”林岩峰的回答又给了我巨大的震撼。

原来真相不只是树洞才有，天台也同样是个神奇的地方，让所有人的秘密都不设防。

我的英雄学霸

这场天台的“偶见偶闻”，理所当然地使我与林岩峰和帆帆都重归于好。

其实早在林岩峰这个“X霸”帮我练级之时，我就隐约察觉到自己的游戏瘾逐渐戒去了。现在得知真相，当然不能让他的苦心白费，索性两人都抛弃了游戏，一起努力学习，彼此帮助。所谓“强强联手”，成绩很快也就提上去了。

于是，在两个月后，我们迎来了高三上学期的最后一场考试。我带着和之前完全不同的心情踏入考场，又走出考场，再走进公布成绩的课堂。

“第一，云小暖同学！第二，林岩峰同学！不错不错，大家为他们鼓掌。”班主任眼见自己班里出了两个尖子生，喜笑颜开。

“这真是名副其实的学霸啊！大家说是不是？”帆帆高兴坏了，怂恿大家一起调侃我和林岩峰。我和他只是相视一笑，接受了大家善意的起哄。

“好！好！这次寒假，是高中的最后一次寒假了，大家一定要好好利用起来，别让自己后悔啊——”班主任简单交代了几句以后，就宣布寒假开始了。

等同学都散去的时候，我偏头笑着向林岩峰伸出了手：“你好，很高兴认识你，我的英雄学霸！”

梦想无候补

程 琳

当梦想在心中发芽，除了努力，一切都变得不再重要。三个朋友，两个半场比赛，一份执着与支持，友谊路上，请为坚持不懈的青春见证！

最后的比赛

“后天的篮球比赛，你能不能假装受伤下场？”

“为什么？”

“我知道这个请求很强人所难，但是……”女生何璇低着头，像是做错了事的孩子一样，等待着站在对面的鹿森的反应。

鹿森是G中学篮球队的金牌大前锋，人高马大，篮球技巧高超；不论是篮下投篮，阻挡犯规，还是抢篮板都十分优秀，得分率颇高，是球队的中坚力量。

“对不起，我不能答应。”鹿森沉默很久，拒绝了何璇的请求。

何璇怔住片刻，接着再度恳求：“鹿森，你再考虑考虑，好不好？拜托你了……”鹿森无言以对，最后只能转身离开。

“鹿森，鹿森，你别……”何璇还想叫住鹿森，鹿森却头也不回地走进了篮球馆，“哎……”何璇一路跟着他也进了篮球馆。

对于尾随而至的何璇，鹿森虽然无奈，但也没有理由将她赶走，只是自顾自地开始热身，和队员一起开始练习了。

何璇无聊地四处张望着，忽然发现了另外一边球场上独自练习投篮的乔瑞。

“阿璇？你怎么来了？来指导我的篮球技术？”乔瑞见到她，咧嘴一笑。乔瑞和何璇两家是邻居，从小学到高中，也都在一个学校念书。何璇最早是不赞同乔瑞打篮球的，所以常常会对他的篮球技术做出不怎么肯定的评价。

“你饶了我吧！你都是球场宿将了，我还能指导你什么？”何璇忍不住打趣他。“宿将”这个说法也不能算错，毕竟乔瑞这副小身板在高个壮汉层出不穷的篮球队里做了很多年的候补前锋。

“你就嘲笑我吧！”乔瑞怕了她的毒舌，换了话题，“我刚才看你好像是跟着鹿森进来的，你还和他认识？”

“不，不怎么认识……只是偶尔来看你，经常见到他，就打了个招呼而已。”何璇有些心虚。

“哦，是吗？”乔瑞漫不经心地反问了一句。何璇只能点头，怕说多了会露馅。

“好了，我要继续练球了。后天的比赛，你一定要来看啊！”乔瑞的脸重新挂上没心没肺的笑容。

“我一定会的！”何璇笑着和他击掌，这才离开。

然而走出了篮球馆的何璇再次露出了愁色。乔瑞这么多年来都是这样，明知道自己很可能没有机会上场，却还是努力练球。后天的比赛，是他最后的一次机会了吧？

奇怪的乔瑞

乔瑞是个奇怪的男生，个子不高，却热爱篮球；力气不大，却偏偏爱当前锋。天时地利人和都不具备，导致乔瑞永远只能是那个坐在候补席上的候补队员，上一次场极其难得，而且多半三分钟左右又会被换下来，连热身都不够。

何璇最经常听到他说的一句话就是“记得来看我打球”，但很可惜，这么多年她看他上场的次数，屈指可数。有时候，何璇不知道乔瑞在坚持什么。他的学习是不错的，完全可以在考试中一展风采，却偏要选择篮球，简直是“扬短避长”。

她还记得初二的时候，乔瑞的个头比现在还小，单薄的身板在篮球场上一遍遍举起那个似乎比他脑袋大上一倍的篮球，投出一个个弧度，不懈地练习着。对抗练习的时候，乔瑞常常会被高大的男生撞倒在地，但他滚上一圈，就又像小强一样爬起来，继续在球场上奔跑了。

有一次，他被撞掉了一颗牙，满嘴的血。何璇吓坏了，扶着他往医务室跑。结果这家伙到了医务室，第一句话就是：“医生，你快点帮我止血，我还要接着上场呢！”弄得医生哭笑不得，而何璇也总算见识了乔瑞对篮球的执着。对乔瑞来说，上场的机会太少，即使受伤了也舍不得放弃。所以这一次，何璇为了成全乔瑞的这份执着去找了鹿森，可鹿森却显得有些“不近人情”。

那天失败之后，何璇又找了各种途径围堵鹿森，都没有成功。

“又来找鹿森了？”教练李灿的突然出现打断了何璇的回忆。

“是……不是……”何璇不知道该怎么说。

教练李灿却笑得有些神秘：“何同学，很多路都是自己选择的，所以别人看他走得痛苦，他自己却未必觉得，你说呢？”

“我，不知道……”何璇觉得教练意有所指。她知道乔瑞热爱篮球，知道他哪怕只有百分之一的上场机会也会全力准备，所以她才非常希望在最后一场篮球赛里，乔瑞能打得痛快淋漓，不留遗憾。

永不候补的梦想

时间过得很快，转眼就到了比赛那天。

球场上，篮球赛正如火如荼地进行着。这是全市中学生男篮决赛，双方分别是G中学与C中学。比赛已经进行10分钟了，何璇在场外焦急地跺着脚，冲着赛场大叫前锋“鹿森”的名字，希望鹿森能按照自己的计划给乔瑞制造一个上场的机会。可何璇见教练盯着自己，也只能干着急，看鹿森的阵势，完全没有要假装受伤让乔瑞上场的意思。

教练李灿对何璇摇摇头：“专心看球吧，乔瑞不是让你来看他打篮球的吗？”

“可……”可你们根本不让他上场，怎么看啊！何璇用力忍住才没有把心里的想法说出来。何璇知道说了也没用，转头看候补席上的乔瑞。乔瑞在原地踏着步子热身，一副随时都可能上场的样子。这一幕看得何璇鼻子一酸，匆匆移开了视线。乔瑞怎么能这么傻！

然而，半场的时候，教练要求换人了，竟然是让乔瑞替换鹿森！

何璇不敢相信自己的耳朵。

“教练，鹿森，这是怎么回事？”她呆呆地问。

下场后的鹿森坐到长椅上，笑笑说：“其实我不用假装受伤也会下场的，我原本就有伤。一周前训练的时候，我的脚腕不小心伤到了，所以没办法打完整场球赛。”

“那你怎么不早说？”何璇心情复杂，“害我……”

“如果我当时答应你，你肯定会在乔瑞面前露馅。依照乔瑞的性子，肯定不屑这样的上场机会，你说是不是？以他的努力完全可以来替换我，而你安排的方法，反而对他是一种不信任与侮辱。”鹿森笑着看向赛场，“更何况，他的身体状况，恐怕不允许他打整场球。”

何旋知道，G中入学体检时，乔瑞被检查出先天性心律不齐，虽然情况不算很严重，但乔瑞的父母不允许他继续打篮球。好在乔瑞总是做候补，所以乔瑞父母也就勉强同意他来参加这最后一场篮球赛。也正因如此，何旋才特别想帮助乔瑞。哪怕只打半场，乔瑞也不会带着遗憾结束篮球生涯……

"原来你们都……"何旋这才明白，鹿森和教练不仅知道内情，并且还替乔瑞想得这么周全。

教练李灿温和地笑着："好了，快看球吧。"

何旋点点头，将目光重新投向篮球场。场上的每个球员都使出了全部的力气，争分夺秒地传球、扣篮和得分，甚至有些横冲直撞。何旋不禁有些担忧起来，目不转睛地盯着在球场上跑动着的乔瑞。起先，乔瑞的表现稀松平常，但几分钟过后，乔瑞渐入佳境，像变了个人一样，动作行云流水，频频得分。对手从未听说过G中学有这么一号人物，只能猜测遇到了一匹黑马。

"乔瑞，加油！"何旋激动地站起身。乔瑞听到何旋的声音，回头向休息区龇牙一笑，转身又投入到了激烈的比赛中。乔瑞将状态一直保持到了比赛最后，连下20分，让G中的总分远超对手。当哨声吹响的时候，G中学的学生集体欢呼起来。

"乔瑞！你太棒了！"下场的时候，几个队员外加鹿森一拥而上，将乔瑞团团围住，然后把他抛向半空。

"哈哈哈——"几个大男孩爽朗大笑，何旋看着也不由抿嘴笑起来。她突然明白了乔瑞对篮球梦的坚持，面对梦想，每个人都是主攻手，都该主动进击——所以，梦想，永无候补！

20

不莱梅的音乐家

段立欣

父母的期望，古典音乐的牵绊，在遮遮掩掩中，一群小伙伴终于站在了摇滚音乐的舞台上，表达出自己真正的想法与愿望……

1

“再攒二百七十九块钱，我就能换一张‘珍珠’的镲片了！”大磊一脸兴奋地说，连他脸上的粉刺都要笑出来了。

“按照这个速度，你不用40年，就能凑齐一套DW的鼓了！”我横了他一眼，还有他面前那个傻乐的招财猫存钱罐。那家伙的肚子里塞满了各种硬币，不会消化不良吗？

“我估计有25年就够了，到时候，我也跻身大师行列了，帅死了！”这家伙根本就没听出来我在损他，抱着他的傻猫满床打滚。

“咔嗒”一声，门锁被拧动了。大磊简直就是闪电侠的速度，他把手里的存钱罐飞快地塞到被子里，顺便把两张Metallica的摇滚CD塞到枕头下，一把抄起扔在一边的小提琴和琴弓，然后一脸严肃地对我说：“……所以我觉得，帕格尼尼在小提琴上的造诣，早就超越了大师的境界，你觉得呢？”

门开了，大磊的妈妈探头进来，冲着我们俩微笑。

我急忙点点头，说：“没错，我认为他在G弦上的造诣简直是鬼斧神工。”

大磊背对着门口，认真地点点头，说："所以我说，就是他，给了我练习小提琴的动力和决心！"

大磊的妈妈高兴地说："还在讨论啊，该下来吃饭了。"

2

要我说，大磊的爸妈也真够逗的，他的妈妈是音乐系教授，钢琴功力十分了得；他的爸爸是个诗人，房间里挂满了除了他自己，估计没人读得懂的诗歌。

"曹操，你们那个慈善演出什么时候开演？"大磊的妈妈突然问。

"慈善演出？"我差点被排骨噎到，急忙喝了一口水，大磊在桌子下踢了我一脚。

"那个……还没有具体谈好，不过应该就是最近了。"我小心翼翼地措辞，狠狠地瞪了大磊一眼。这家伙，不知道是怎么跟他妈妈说的。

吃完饭，我跟大磊找个借口溜了。

"你们再不来我们就撤了。"刚推开车库门，修伟就不满地说，"你们俩迟到都成习惯了。"

"我们也是没办法！我妈拉着我们讲古典音乐的发展史。"大磊急忙辩解。

"得了吧！还不是你非要谈论什么帕格尼尼。"我说。

"行了，赶快开始吧，两个小时以后我还得回去呢！"沉默了半天的小宇说。

我把吉他抱了起来。

3

晚上，我轻手轻脚地关上门，卸下书包，换上拖鞋，潜回自己的房间。躺进被窝里，戴上耳机，Queen的《Love of my life》让我觉得浑身放松了。

“呼”的一声，我的被子被掀开了，吓得我差点大叫起来。

我摘掉耳机，不满地问：“妈，干吗啊？”

“你存钱罐里的钱去哪儿了？”妈妈严肃地问。

“我……我花了……”我一把用被子蒙住头。

“花了？”隔着被子，我还是能清楚听见妈妈怀疑的声音，“一千七百多块！你干什么用了？”

“我买了双新款的篮球鞋！”我坐起身，气呼呼地说。

“篮球鞋在哪儿？”妈妈又问。

“借给大磊穿了！”我眼睛都没眨，暗自为自己的反应速度鼓掌。

“明天穿回来给我看看！”妈妈站起身出去了，屋子里一下子安静下来。

4

“周凯，你多大号的鞋？”第二天一上学我就揪着周凯问。

“40啊！干吗？”周凯一脸警惕地看着我。

“鞋借我穿一晚上。”我嬉皮笑脸地说。

“我……我的新鞋啊！好几百呢！”周凯为难地说。

“没事儿，就一晚上，又不能给你穿坏。”我冲大磊他们几个使了个眼色。那几个家伙一拥而上，把周凯按在桌子上，周凯发出杀猪般的叫声。没一会儿，他那双新的Adidas篮球鞋就穿在了我的脚上。

“你们这帮土匪！”周凯气得大叫。

“放心吧，明天就还你！再说了，你不是早就想看那场《向Metallica致敬》的演唱会吗？”我扬了扬手里的一张光盘。周凯的眼睛一亮，如获至宝地冲了过来，把那张光盘紧紧地抓在了手里。

5

“这就是你花1700买的新篮球鞋？”妈妈一脸怀疑地看着我。

“当然了！今年新款！”我快把脚抬到桌子上了。

“行了行了，赶紧把脚放下去，吃饭！”妈妈转身进了厨房，我暗自松了一口气。

桌上摆上了我最喜欢的酱焖鱼，我赶紧端起米饭，狼吞虎咽。

“大磊的妈妈今天给我打电话了。”妈妈说。

我的心里“咯噔”一下，装作若无其事地说：“哦？什么事？”

“说你们慈善演出的事儿，你怎么没告诉我？”妈妈问。

我低下头扒饭，含糊不清地说：“还没确定哪天呢，所以没急着告诉您。”

“大磊的妈妈说要去给你们加油，她说大磊学习小提琴这么多年了，还没参加过正式演出，她对这次表演期待很高。”妈妈说。

我被鱼汤泡米饭呛到了，剧烈地咳嗽起来。

6

“糟了糟了，我妈要去看我们的演出！”大磊一脸惊慌。

“我早就知道了，我妈也要去！”我无奈地说。

修伟看了大磊一眼，说：“你妈要是知道了你没学小提琴，而是自己偷着学了爵士鼓，估计你就惨了。”

小宇看着修伟，似笑非笑地说：“是谁跟家里说去学大提琴，然后自己偷偷学贝斯的？”

“行了行了！”我急忙打圆场，“咱们四个里面，谁真的敢跟家里人说咱们在干吗？不都是在‘曲线救国’吗？赶紧想想下周五的乐队大战吧！”

没错，我们几个是多年的好朋友，因为喜欢摇滚乐，所以组了个乐队；可是我们的家长几乎没有一个支持的，反对最强烈的就是大磊的老妈，她总是说摇滚乐是“邪魔歪道”，所以，我们没敢跟家里人说我们在练习什么。当然，也没什么慈善演出，所谓的演出，其实是今年的乐队大战，为了这一天，我们早就摩拳擦掌，想大干一番了！

“我们现在有多少钱了？”修伟忽然打断我的思路，问道。

我想了一下，说：“算上大磊存钱罐里的，大概不到三千。”

“如果我们拿了第一名，奖金够执行我们的秘密计划吗？”

“第一名的奖金是一万块！”小宇兴奋地大声说，“肯定够了！”

“万一赢不了呢？”

大磊的话音刚落，就被小宇按倒在地，连声说着：“呸呸呸，刚才说的话作废！你还是先想想怎么跟你老妈解释，让她放弃去看你的慈善演出吧！”

7

离周末越来越近了，我们也开始了紧张的排练。

我利用全部业余时间来准备我们自己的摇滚原创歌曲。这首歌曲凝聚了我很多心血，不光旋律要很动听，歌词还要有深度。我不想写灰暗的东西，我想让大家知道，摇滚乐也有积极的一面。

“你那双鞋最近怎么没穿啊？”这天妈妈突然问我。

“啊！那个……大磊特别喜欢，所以借他穿了。”我差点都忘了鞋的事儿了。

“你们小孩子真能折腾，也不知道大磊的小提琴练的怎么样了！”妈妈说。

“还行吧！他挺喜欢的。”我暗自偷笑。他当然喜欢了，喜欢的不是小提琴，而是他的爵士鼓。

“妈，大磊他妈还要去看我们的演出吗？”我小心翼翼地问。

“不知道，最近没联系。其实，我也挺期待看到你的演出的，你学古典吉他这么长时间了，也该让妈妈看看你的汇报演出了。”妈妈摸了摸我的头。

糟了，还不如不问。我低下头，赶紧扒饭。

“确定了哪天演出告诉我啊！”妈妈说。

8

周末到了。

早上一碰面，我就问大磊：“你妈今天不会突然杀来吧？”

“没事儿，我跟她说演出还没定时间呢！过几天就说取消了，这事儿就过去了。”大磊拍了拍自己的胸口，满不在乎地说。

“那好，检查一下设备，走吧！”我拍了拍他们的肩膀。

乐队大战是一个校园音乐评选活动，我们是选手里面年纪最小的。

站在舞台侧面，我能听见台下观众的呐喊声，这让我忍不住热血沸腾。回头看看，大磊他们三个也全都激动不已。

“给你这个！”修伟递给我一个头饰，好像是两只尖耳朵。

“干吗？”我接过尖耳朵，好奇地问。

“符合我们乐队的名字啊！”修伟若无其事地说。

我抬头一看，修伟的头上戴着一个鸡冠型的帽子，大磊的头上戴着两只猫耳朵，小宇的脑袋上是两只狗耳朵。

“你们在报名表上填的是什么乐队的名字？”我瞪着修伟。

“不莱梅的音乐家！”大磊说，“临时决定的。”

我点了点头，又问：“那为什么我的是兔子耳朵？”

“兔子？啊……”修伟愣了一下，说，“‘不莱梅的音乐家’来自一个童话，里面的四个兄弟也是经过冒险，最后成为一支很厉害的乐队的，里面的主唱就是……兔子……”他指了指我拿在手里的尖耳朵头饰。好吧，我把那对尖耳朵戴在了头上。

9

“下一支表演的乐队，是不莱梅的音乐家！值得大家注意的是，这是我们这次乐队大战里，年纪最小的一组！当然，他们的实力是不容小觑的！大家掌声欢迎！”主持人介绍完之后，退了下去，我们走上了舞台。

强烈的面光灯照得我睁不开眼睛，我只能听见自己的心跳声。

“大家好，我们乐队的名字叫‘不莱梅的音乐家’，这是一个童话的名字，希望你们喜欢我们的歌，谢谢大家。”我舔了舔嘴唇，拨动了怀里的电吉他。

就这样，我们开始了第一次的舞台演奏。我们的这首摇滚歌曲里没有那么多愤怒，有的是很多的希望！希望自己长大后是什么样子，希望未来变成什么样子。

这旋律我们几个已经唱过千百遍了，今天，我们把自己的摇滚乐送给了大家……

在耀眼的舞台灯光下，我们的一曲完毕了，开始忐忑不安地等着台下的评委提问。

“你们年纪这么小，为什么喜欢摇滚乐呢？”一个女评委问。

“摇滚乐、古典乐都只是一种形式，是情感的载体和表达方式，摇滚乐并不一定就全都是灰色和消极的东西，我们喜欢摇滚乐的活力。”我回答道，心里却在奇怪，这个评委的声音好像很熟悉。

“你们玩摇滚，家里人支持吗？”她又问。

“家里人……”我迟疑了一下，说，“他们会支持的。”

台下响起雷鸣般的掌声。

“最后一个问题，如果你们赢得了这次比赛，你们想用奖金做什么？”那个评委又问。

“这是我们参加这次比赛的主要目的，我们希望用奖金给地震重建区的学校买一架钢琴……”

这时候，我感觉有人捅了捅我，我回头一看，大磊一脸苍白地说：“完了，提问的那个评委是我妈！”

10

那次乐队大赛，我们并没有得第一，而是获得了第二名。

第二名的奖金虽然只有5000块，不过加上我们后来参加一些演出活动攒的钱，也算是个不小的数目了。大磊的妈妈介绍给我们一个乐器行的老板，他人很好，用进价卖给了我们一架钢琴。最棒的是，大磊的妈妈还把那天演出的录像给我们的父母看了。

真是像童话故事一样神奇的结局啊！从那天开始，我们的父母竟然都不再反对我们玩儿摇滚乐了。

唯一的问题是，我后来想起来了，在《不莱梅的音乐家》这个童话里，并没有兔子。不莱梅的音乐家们，是一条狗、一只猫、一只鸡和一头驴！

这帮家伙简直是土匪！竟然把没人愿意戴的驴耳朵给了我！

不是冤家不聚头

段立欣

班长不是那么好当的，可偏偏有个刚转来的大个子却不停地去教育自己的班长，你是谁啊？不过大个子却竞选上了学生会主席，还帮助像猫一样高傲的班长组织活动。好吧，我们合作吧……

一张高高在上的脸

一大早，我觉得自己置身在一个被外星人光顾过的教室中。

圣诞树倒在地上，彩球滚了一地，原来还会扭屁股跳舞的电动圣诞老人，被塞在小垃圾桶里，脚丫子都快翘到后脑勺上去了。教室顶上的彩光纸，空的礼品盒，爆炸后的气球碎片，满地都是。

我正惊讶于眼前的一切时，一张高高在上的脸忽然出现在了我头顶的上方。

“你是喵喵吧？我叫哈啸哲，正在帮你收拾教室。”

我仰头看着他，这个家伙足有1米89。真难以想象，他如果以后再长下去，会不会高三就超过姚明！我摇晃了一下自己酸酸的脖子说：“你真牛啊。”

他呵呵笑着问：“我？有什么牛的？”

“你姓哈已经很牛了。”我撇着嘴从他身边蹭过去，准备找扫帚清扫一下。

“喵喵，是老师让我来帮你清扫的。”哈啸哲看出我有些不满意，连忙扶起一张桌子说。

“可老师没让你毁灭我们的教室，哈同学。”我踢了一脚桌子腿，大脚趾差点断了。

后天就要开学了，我觉得我应该来简单收拾一下教室，谁让我是高二（1）班的班长呢！因为放假前得知这个寒假没有作业，同学们都兴奋过度，庆祝完圣诞节后，连地都没扫就纷纷回家了。

“好吧，你把圣诞树放到储物角，把彩条摘下来，扫扫地就可以了。”老师在电话那边答应着，“我再找个刚转到咱们班的男同学去帮你吧。”

眼前这个就是新同学吧，他还不如不来，本来很简单的事情，被他弄得一塌糊涂。

“没关系，没关系，马上就好。”哈啸哲一把抱起圣诞树，塞到储物角，糟糕的是途中又碰倒了若干桌子。

我终于忍无可忍了，把他推出教室说：“不用你帮忙，我一个人可以搞定。”说着还把门反锁了。

“喵喵，你一个人打扫教室怎么行，你别逞强。”哈啸哲在外面像巨人一样哇哇叫着。

我根本不屑理他，我用逞强吗？我可是班长。

受欢迎指数：五星

这个新转来的大个子害得我整整打扫了一天教室，我恨死他了。不过开学后，他的直爽性格和优秀的学习成绩，却很受大家的欢迎。他最喜欢跟人家解释说：“哈啸哲的啸，是海啸的啸，不是大小的小。不过如果大家喜欢，可以叫我小哈。”

于是小哈成了大家的小哈，篮球比输了，就拉他去重比；几何题解不开了，也叫他来帮忙；连大家想春游，都鼓动小哈去和老师交涉。这明明是我班长该做的事嘛！我有了种不服气的感觉，就更不愿意和他说话了。

直到有一天，哈啸哲来找我说："喵喵，大家说你很酷。"

"那又怎么样。"我头都不抬地说。

"我知道你为什么叫喵喵了，"哈啸哲像发现了新大陆一样叫起来，"因为你像猫一样高傲。"

"那也比你像哈巴狗一样，打扰别人解题，讨人嫌的好。"我的语气里充满敌意。

"此言差矣，我是正宗的哈士奇。"哈啸哲梗着脖子说，头都快碰到灯管了。大家都哈哈大笑起来，也许这种幽默，正是被同学们喜欢的。

"难道班长就要高高在上吗？"哈啸哲弯下腰来问我。

"我乐意高傲。"

哈啸哲若有所思地说："我觉得你也不是高傲，你是不知道该怎么当班长，不知道班长该怎么和大家打成一片。"

"你不当家，怎么知道柴米贵。"我瞪了他一眼。

虽然我嘴上不服软，但我清楚，我确实不知道该如何和大家相处。作为一个班长，既要保证自己的学习，又要为班级做很多事。我已经尽了最大的努力，一直在为同学们做事，可为什么仍旧得不到认同呢？

我用鼻子哼了一声，继续做我的代数题。也许，保持一个好的成绩，才能保持住我班长的威严吧。

P8《天真岁月不相欺》图

P8《天真岁月不相欺》图

不是冤家不聚头

哈啸哲真是个执着的家伙，为了要证实“当干部不一定要不苟言笑、高高在上”的理论，他准备参加学生会主席的竞选了。这个竞选我也报了名，我倒要看看这个刚转到我们学校的小哈，有什么真本事！

这次竞选有十六名学生参加，我抽签抽到了10。

下午放学，我连忙出完开学的第一期板报，赶到现场，这时竞选已经开始了好一会儿。

在哈啸哲要上场前，人们被一阵欢呼声吸引了。

有没有搞错！竞选学生会主席，竟然还有粉丝团？我瞪大眼睛看着我们班几个女生高举着鼓励标语，上面写着“小哈小哈笑哈哈，学生会里你当家”的字样，真是让人哭笑不得，看来哈啸哲的人缘是真的不错。我坐在最后一排的角落里，看着哈啸哲大踏步走上讲台。

他穿了一件印有“第三生产队”的白T恤，很是抢眼，不知道从哪儿淘来的。站在台上，还没等主持人介绍，哈啸哲就粗声大气地说道：“春天来了，我也来了，我是来参加学生会主席竞选的……”

在场的所有同学和老师，顿时哄堂大笑。我当时有点傻眼，这也叫竞选演讲？可你知道吗，正是这个不着四六的竞选词，竟然让哈啸哲的票数最多，真的当选了学生会主席。

做个班长不容易

“大家注意了，每班派一名代表来领票，哪个班来得多了，要请我吃饭。”喇叭里传来哈啸哲哇啦哇啦的声音。

其实我挺佩服他的，他当上学生会主席没多久，就为全校同学拉来了开春季运动会的礼品赞助；成功组织了成人仪式的集体植树活动；还拿来了周末的免费电影票。全校同学都认识这个大个子小哈了，谁见了他都会开心地和他打个招呼，高一的小女生甚至还偷偷塞情书给他，表达自己的崇拜之情。

这可不是我杜撰的，是哈啸哲亲口告诉我的，他还拿这些作为例子说："你看，你也可以把班长做成大众偶像。"

"我可没那个精力，我要负责出每周的板报，要安排班级的值日计划，还要检查值日情况，要统计运动会的报名人数，要……总之，我要做的事情太多了。"我严肃地说着。

哈啸哲想了想说："我知道问题出在哪儿了，你太操心了。班长又不是万能女王，运动会你可以安排给体育委员，出板报有美术课代表呢，扫除也有小组长……"

我没听清他说什么，因为我要去班主任那里拿这个学期入团的名单；还要去音乐老师那里，通知他明天的课换成代数了；今天的英语我还有点疑问要去请教英语老师……天哪，我太忙了！我苦着个脸路过我的同学们，他们大概又以为我很高傲，不爱搭理人了吧。

"嗨，喵喵，你不是秘书，你是班长，班长要学会领导人。"我跑下楼的时候，还能听到身后哈啸哲的声音。

气球的DNA

下个月就要召开春季运动会了，课间操前，我拿着本子站在老师的讲桌后面问大家："你们要报什么项目？"没几个人响应。

我为大家做了这么多事情，可同学们还这么不配合我，我快被伤透心了。我失望地看过每一个人，却没看到哈啸哲，我有点慌神，有种想求救的感觉。

忽然有人拉了拉我的衣服，我低眼一看，哈啸哲正藏在老师的讲桌下面呢，他递了张纸条给我，上面写着：微笑。

好吧，我微笑着问大家，甚至还开着玩笑："要是你们没有想参加的，那我得自己报名参加男女全能了。"

同学们有的抬起眼睛看我，有的呵呵地笑了起来。又一张纸条递了过来，上面写着：动用体育委员。

我看看体育委员，他正趴在最后一排桌子上发呆呢，于是我大声宣布："关于运动会，由体育委员负责登记，大家尽量去烦他吧！"

笑声把体育委员吓了一跳。

"干吗让我登记，我的字又不好看。"

"但你知道大家擅长什么，"我把本子递给他说，"体育方面，你比我清楚。"

体育委员看似很不情愿的样子，但他马上在各个比赛项目下面填上了同学的名字，然后拿着本子说："刚子，500米，非你莫属。虾米，跳远你要是不拿第一，当心我修理你……"

教室里顿时热闹起来，看得出，体育委员的动员比我有效。这次，虽然不是我亲历亲为，但我的心里更踏实了。名单很快就写好了，体育委员自信地朝我微笑了一下。

直到大家都出去做课间操了，我才把哈啸哲从讲桌下面拉了出来："这么高的个子，你是怎么窝进去的？"

他的手都蹭破了，我忽然感觉自己很对不住他，赶快从班级的卫生箱里拿出酒精给他消毒。

哈啸哲疼得龇牙咧嘴，还开玩笑说："没什么，我有气球的DNA，有一定的伸缩性，做班长也应该有这样的韧性。"

错字连篇的邀请函

在哈啸哲的指导下，我这个班长开始做的有些起色了。同学们也忽然和我亲密了很多，更多的人开始叫我喵喵，而不是班长。

“喵喵，买鸡蛋灌饼去。”

“喵喵，旅游的事就交给你了。”

“喵喵，政治练习题我拿回来了，用不用帮你发？”

这种轻松的感觉真好。一次，我开玩笑地问哈啸哲：“你干吗这么帮我？不怕我抢走你的学生会主席？”

“不怕，我也是有目的的。”哈啸哲狡猾地一笑说，“学生会需要一个全能型的组织委员，想让你加入。”

“你走后门？”

“不对，我只是把后门打开，看有没有猫溜进来。”

“那得看你的邀请函写得够不够真诚了。”我故意刁难他说。

几天后，我收到一封错字连篇的邀请函，大意是邀请我去做学生会的组织委员。

我晃着邀请函当着全班同学的面笑话哈啸哲：“堂堂学生会主席，这么多错字。”

哈啸哲挠着脑袋不好意思地说，“我让我表弟帮忙写的，他小学四年级了。”

在全班同学的笑声中，我郑重地在邀请函上签下了自己的名字。

那以后的学生会工作，我们同样配合得很默契。我有了更多的朋友。其实，我最该感谢的，还是哈啸哲让我学会了哈哈大笑，让我知道了，做班长不是什么事情都要包揽，而是要成为心灵领袖，发挥大家的才智，一起为班级服务。

这也算是秘诀吧。古话说得好：站得高，看得远啊！

藏球风波

郝　周

学校里，我们会和同学一起学习，一起游戏，快乐的时光很多，但难免也会遇到让自己难过的事情，比如被人冤枉，这时该怎么办呢？柯小可不愿受这样的委屈，于是想出了聪明的办法……

1

彭小朋和他的铁杆伙伴阿奔阿放正在学校操场的绿茵场上追逐一只欢快的足球。

阳光下，这只镶嵌着黑色条纹的新足球闪闪发亮，只需脚尖稍稍发力，足球立刻就以一个漂亮的弧线飞出，三人踢得好不带劲。

“咣”，彭小朋一个凌空抽射，足球打在了球门的门框上，又反弹了回来，落在一块空地上，不偏不倚击中一只正在飞旋的木陀螺，陀螺滚动了几下，慢慢停止了转动。

“哎哟！”正在抽陀螺的同班男孩柯小可气得直跺脚。

“柯小可，把球扔过来！”彭小朋叉着腰高声喊道。

柯小可回头朝操场上望了一眼，见是彭小朋捣的鬼，嘴唇嗫嚅了几下，不再说什么了。他把球捡起来，扔回足球场。

2

下课铃声响起，彭小朋三人满头大汗，躺在草地上休息。

“这只足球踢起来真过瘾啊！”彭小朋说着耍起了手指转球的小

把戏。

“是啊，我找遍了体育器材室，几只破足球不是瘪瘪的没气，就是破旧得看不出颜色，要不就是硬得像铅球……”阿奔说。

“你怎么找到这只新球的？”阿放问。

“我在一个铁柜子里无意中翻到的。一看就知道是刚买的，还没人踢过！”

“明天体育课，咱们还踢这只球！”阿放说。

“踢球的又不只我们三个，别人看到有好球，兴许早就盯上了！”阿奔说。

“别急！”彭小朋拍了拍脑袋，“我有办法！”

“什么办法？”两人凑了上来。

“咱们把这只足球藏起来，不要放回器材室！”

“好主意！”阿奔说。

“这样好吗？”阿放有些犹豫。

“怕什么，咱们又不侵占足球，至多就是专享足球使用权而已！”

“人都散了，体育老师也走了，又没人来清点，咱们怕什么？”彭小朋说。

“藏哪呢？”阿放小心翼翼地问。

“咱们藏在鬼屋后面吧！”彭小朋说。

“啊？”阿奔和阿放吃了一惊。

3

鬼屋不是真的有鬼，鬼屋是校园东北角落里一处荒废的仓库。校园里传言，有人上学来得早，路过鬼屋时，会听到里面传来阴森可怖的救命声……传来传去，大家都觉得那里闹鬼。

鬼屋后面是一大片杂乱丛生的荒草，长得比大人还高，连扫地阿姨都不会去。

夕阳下，阿奔和阿放在通向鬼屋的林荫小道上“望风”，彭小朋把足球包在湿淋淋的球服里，偷偷地朝鬼屋后面走去。

鬼屋前有一排高大的梧桐树，斑驳的树影随风晃动。彭小朋心里十分忐忑，他第一次在傍晚时分走进这么阴森的地方，又是做一件不太光彩的事情，这一切都让他感觉心里发怵。

他抬头望了一眼鬼屋里残旧的窗棂，壮了壮胆子，绕到屋后的杂草地里，小心翼翼地把足球扔了进去。

彭小朋舒了口气，转身正要离开。一抬头，只见树荫下有一个细长的人影。

“妈呀！”彭小朋不由得一惊，眼前站立的不是别人，而是小个子男生柯小可！

彭小朋气得朝柯小可的胸口擂了一拳：“你这个家伙，不声不响地跟踪我！”

柯小可往后退了一步，咧嘴笑了：“我不是故意跟踪你的。我玩陀螺，手被竹鞭杆划伤了，我来扯些止血草。”说着，他扬了扬手中一把绿色的草叶。

“真是乡巴佬！流血了不贴创可贴，扯什么止血草！”彭小朋鄙夷地说，“你刚才什么都看到了？”

柯小可点了点头，又摇了摇头。

“不许说出去！”彭小朋压低声音，不容置疑地说。

柯小可的眼睛里闪过一丝迷惑。

“只要说出去，下次玩攻城就没你的份了！”

柯小可点了点头。

4

攻城是一个风靡校园的群体游戏。一群男孩子分成人数相同的两组，各自占领一个“营地”，分兵把守，攻城陷阵，你冲我撞，玩得不亦乐乎。

彭小朋、阿奔和阿放是攻城游戏的组织者，他们几乎可以决定让谁参加，让谁退出。

刚从乡下转学来的小个子男孩柯小可，身体瘦小得一阵风能吹跑，常常只能站在一旁当观众。

不过，遇到有人手不够的时候，彭小朋也会安排他做一个可有可无的守城的角色，尽管如此，柯小可也十分渴望有这个机会。

课前的攻城大战中，彭小朋本来安排了柯小可，但是彭小朋的同桌阿水临时要求参加，人数不对等，彭小朋就让柯小可退出。

阿水是学校执勤队的队员。学校执勤队由学校每班推荐的两名德智体均优的学生组成，利用课余时间在学校执勤巡查，发现学生的违规违纪行为向校长报告，因此在学校里颇有权威。

柯小可只好可怜巴巴地蹲在一旁，十分失落。

离上课还有半个小时，体育老师突然吹着哨子把操场上的学生都赶走了。

一条大红横幅悬挂在教学楼之间的梁柱上：“预祝2013年全区小学教师足球赛圆满成功！”

原来，今天上午，学校的足球场要举行全区小学教师足球赛，得事先清出场地了。

5

上课铃声刚响，班主任朱老师就气冲冲地走进教室。

“昨天下午体育课，你们哪些人玩足球了？”

大家面面相觑，不明就里。

“器材室少了一只新买的足球！”体育老师跟在班主任身后。

彭小朋、阿奔、阿放一下子紧张起来。

“那只足球是特意为今天的足球赛准备的，再不还回来就耽误比赛了！”体育老师的话让彭小朋心里一沉，这下闯祸了。

谁也不作声。

踢足球的不只彭小朋三人，所以他们打算硬着头皮死撑到底。

体育老师见一时半会儿也问不出结果，跺着脚冲出教室。操场上，校长已经在大发雷霆了。

“昨天踢球的人都给我站起来！”朱老师严肃得吓人，看来不挖出真正的“作案者”，是绝不会罢手的。

彭小朋心里像是揣了一只东奔西跑的兔子，惴惴不安。他左望望，右瞧瞧，见有其他几个踢球的男生站了起来，只好也起身站立。

“你们的球还回去没有？”

“还回去了！”一个叫阿志的男生响亮地回答。

其他几个跟阿志一起踢球的也回答得很干脆。

彭小朋心里斗争得厉害，他一会儿看看阿奔和阿放的脸色，一会儿又瞟瞟教室角落里的柯小可，不知道该不该死撑下去。

“小朋，你们的球没有放回去？”朱老师排除了其他对象，把如同针芒般刺人的目光转向了彭小朋。

“还……还了……”毕竟心虚，彭小朋语无伦次起来。

“一定要说实话。要想人不知，除非已莫为啊……”朱老师语重心长地说。

教室里安静得鸦雀无声。

彭小朋心里“咯噔”一下：“莫非柯小可告密了？”他用眼角的余光再次快速瞟了一眼趴在课桌上一动不动的柯小可，只见柯小可像只小刺猬一样，缩作一团，把脑袋埋得更低了。

“没还……”彭小朋吞吞吐吐地说。

“藏在哪里了？”

“在鬼屋后面的草丛里……”彭小朋小声回答。

“谁干的？”

彭小朋不吭声。

“老实交代！”朱老师立马提高了分贝。

“柯小可！”彭小朋猛然抬头，大声说。

趴在课桌上的柯小可像是火烧眉毛般腾地跳了起来，他涨红了脸，大声喊道：“你诬赖！”

这时，阿奔和阿放看出了苗头，连忙附和道：“没错，就是柯小可放的！”

“他告诉我们，把球藏在那里，就不用担心下次别人把好球拿走了。”阿奔还说得有声有色。

“你们全都是诬赖！”柯小可急得脖子上青筋暴起，眼珠子瞪得圆圆的。

“好了！都别说了！阿水，你昨天下午执勤，有没有看到柯小可去校园后的仓库？”

桌子底下，彭小朋的脚尖轻轻地踢了一下阿水的脚跟。

阿水站了起来：“我看到柯小可从仓库后面走过……”

柯小可还想再说什么，被朱老师不由分说地顶了回去：“柯小可，放学后到我办公室来！”

6

朱老师在鬼屋后面的草丛中找到了那只崭新的足球。

放学了，柯小可被留校写检讨。

彭小朋则带着阿水去了学校边上的一家奶茶店，因为阿水最喜欢喝珍珠奶茶了。如果不是今天阿水及时为他说几句话，现在留校受罚的可就是他了。

当阿奔和阿放看到柯小可捏紧了拳头，梗着脖子从朱老师的办公室走出来的时候，心里颇有些不自在。

他俩找到了彭小朋："让柯小可背黑锅不好吧？"

"要不，咱们找他出来，也请他喝杯奶茶吧！"彭小朋心里也有点过意不去。

阿奔和阿放去找柯小可。柯小可见了他俩，恶狠狠地瞪了一眼，掉头就走。

课前的攻城游戏时间，彭小朋提议让柯小可作为主力出场，但是柯小可却头也不回地走了。他一个人拿着陀螺朝鬼屋后面走去。

"他不是挺喜欢玩攻城吗？"彭小朋觉得有些反常。

"怎么去鬼屋后面打陀螺？"阿奔说。

"乡下来的土包小子，就是怪！"阿放说。

望着柯小可远去的背影，三人大惑不解。

上课铃声响了一阵，坐在窗边的彭小朋透过北边的窗户，远远地望见柯小可两手空空地从鬼屋后面不紧不慢地朝教学楼走来。

放学的铃声一响，柯小可就走进了朱老师的办公室。

彭小朋、阿奔、阿放把这一切看在眼里，谁也不知道柯小可的葫芦里卖的什么药。

7

下午刚到学校，班长就通知彭小朋、阿奔和阿放三人，立刻去学校保卫室。

朱老师和柯小可早就在那等待多时了。

朱老师铁青着脸站在那里，见他们进来，点开了保卫室的校园摄像头视频。

一段清晰的画面呈现在所有人的面前：

彭小朋手里拎着用衣服包裹起来的足球，鬼鬼祟祟地来到鬼屋后的荒草地，把足球小心翼翼地扔了进去。接着，他东张西望一番，猛然看到了刚扯了一把止血草的柯小可……

彭小朋哑口无言。

原来，柯小可上午找到了朱老师，说他在鬼屋后面玩陀螺，忘了拿回来，再去拿的时候就不见了。陀螺是他乡下的外公特意为他削制的，他一定要找到。他请求朱老师带他去学校保卫室看看装在校园后面围墙旁的摄像头视频。

朱老师被他执拗不过，就只好带他找保卫室。到了保卫室，翻看近三天的视频画面，班主任看到了刚刚播放的那一幕。

当彭小朋、阿奔和阿放的头低下去的那一刻，柯小可昂首挺胸，大踏步地走出了保卫室。

外面天空上飘着几朵白云，校园里鸟语花香。操场上，一群孩子正在阳光下踢足球、玩攻城。

而柯小可此刻最想做的，就是去鬼屋后的草丛里找到自己藏起来的木陀螺，痛快响亮地抽上几鞭子。

12岁懂得自己的优势

贾斯汀·比伯［加拿大］

上帝关上一扇门便会打开一扇窗，不要总盯着自己的缺点或不足，放眼看看，也许自己有更多的东西会发光。让贾斯汀的经历告诉你，他的那扇窗是如何打开的。

中学的时候，我的个子比较矮，而班上的女孩儿大部分又都很高挑，于是我便以单纯待人的方式来弥补我的身高不足，使女孩儿们不会因为个子矮而拒绝跟我约会。没多久，我就会和她们熟识，成为朋友。为了能确保自己显得很酷，我选择了保险一些的事情来做，比如运动。而音乐方面尽管我很有天赋，但相对于运动来说，我花费的精力要少得多了。

12岁的时候我就明白了一件事情，身材的矮小并不影响我追求自己的梦想，它阻碍不了我前进的脚步，所以我不应该花费太多的精力去关注这件事情。因此，我也不会对那些总是抓住我身高问题不放的人做过多的解释。那时的我，就和现在的我一样，在面对那些费尽心思反对我、不喜欢我的人时，不会做过多的辩解。不过有一点，虽然我本性不喜欢争论，但是，我一定会坚决捍卫自己的信仰。假如有人在背后闲言碎语，伤害我的朋友，或者母亲，那我会让他明白：这样做的后果非常严重。就是这样，假如有人想打击我，我会以比他更强的力量反击他。

我外公一直这样跟我说："要有效地利用你的优势。"我经常把这句话运用到生活当中，收益很大，我想你们也可以试试。当时听过我音乐的人没几个，但只要是听过我音乐的人就都会对我说："嘿，伙计，报名参加《美国偶像》吧，你很棒。"不过，这个节目有年龄限制——同考驾照的年龄一样，只有到了16岁才能参加。而我只有12岁，当时感觉参加这个比赛好像要等一百万年，因此我没再考虑它。

《斯特拉福德明星大赛》是一个12到18岁的孩子都可以报名参加的比赛，它和《美国偶像》类似，也是个选秀节目，只是规模要小一些。这个比赛有和其他类似节目一样的选秀过场，各种淘汰赛，还有两美元的报名费。我以试试看的心态报了名。当然，因为节目规模小，请到的评委不可能是像兰迪、西蒙和保拉这样的名人；而《美国偶像》里的瑞恩·西斯莱斯特也不会来这个节目做主持人。我们的评委是当地的一些搞音乐的人，比如教会合唱团指挥、高中音乐教师。主持人是个主持过暑假音乐节的漂亮女孩儿。这个比赛最大的奖品是一个可以在电脑上录音的麦克风，此外，还有机会到当地录音棚去录几个小时的音。

虽然这些奖项很有趣，但这个节目对我最大的吸引力是：我能真正站在舞台上，面对很多观众，秀出自己的音乐。这种事情我一直在脑子里想象，所以我非常想真实地感受一下那感觉。由于我曾经在很多观众面前打过篮球和曲棍球，所以我想我在舞台上表演时也许不会太紧张。但这毕竟是我第一次在观众面前唱歌，于是我自己给自己打气说："管他呢，怕什么？这里又没几个人认识我！他们之中除了那些爱我的人，其他的都只是陌生人，比赛完以后，说不定再也遇不到他们了，就算我唱得不好，也没什么。"不过，我的家人虽然都知道，我只是为了好玩才报名参加比赛的，但是我的母亲仍然很紧张，比我还要紧张。

参加比赛让我充满了力量，这份力量来自家人非常热情的支持与鼓励，这种感觉真棒！比赛的时候，在歌曲的音乐间奏，我空手做着吹萨克斯的动作，我觉得自己越来越放得开了。现场的掌声很热烈，观众被我那强烈的蓝调感觉和行云流水的演绎所感染，女孩儿们为此尖叫喝彩。于是我举起了胳膊，模仿着迈克尔·乔丹那个表示胜利的经典手势，向台下的观众致意。我之前就知道，那些和我一起参加比赛的选手个个都很厉害，而且他们年纪都比我大，更重要的是他们有很多年的专业声乐课训练；但不管怎样，在此时此刻——哇！太棒了！观众们，特别是女孩儿们都在为我欢呼喝彩！

就这样，我通过努力，以年纪最小的选手身份，闯进了最后一轮比赛，继续竞技。比赛结束后，评委把获得前三名的人请上了舞台。前两位都是女孩儿：第一位金色头发，身材高挑，她上过正规的声乐训练课，声音很动听；另外一位是黑皮肤的美女，身材更高挑，不管是训练还是声音都比第一位更优秀；而最后一个便是我了。我12岁，穿着宽松的牛仔裤，站在两个漂亮的女孩子中间，感觉棒极了。

很长一段时间里我都以为自己是亚军，因为他们比赛完当场只公布了冠军，这也让我暂时得到些宽慰。但是，我并不是亚军，最终，我赢得的是季军。

我努力让自己不显得很失落。我的家人也都不停地鼓励我。外公对我说：“即便输了也并不等于失败。如果能从中吸取经验，比起曾经，你仍然进步了。”“我们为你感到骄傲，”外婆说，“要记住你是为了乐趣才参加比赛的，你确实也觉得很有趣，不是吗？”妈妈用力抱紧我说：“棒极了，贾斯汀。我要把那些精彩的地方录成视频，传到YouTube上去，让所有人都能看到你精彩的表演。”

是的，我很棒，不过，我会变得更棒。

游说

李维明

放假了，一个男孩儿带着爸爸交代的任务，要去大山里看望爷爷。爷爷的家，一间小屋，竹林掩映，藏着爷孙俩的故事和承诺。来，一起听听这些故事和那略带遗憾的承诺吧……

叶明明要去乡下度假，爸爸悄悄给他下达了一个任务，让他游说爷爷到城里来住。爸爸说："爷爷这个年纪了，让他一人待在乡下，我放心不下呀。儿子，你帮我说服爷爷吧，他最喜欢你了。"叶明明觉得有把握，所以很响亮地说："这事包在我身上了。"

听说儿子要去乡下，妈妈千叮万嘱，一百个不放心。叶明明说："我已经是大人了。"妈妈担心地看着他，眼神里写满了忧虑，说："小明你个子是比我高了，可终究还是个孩子呀。"叶明明笑而不语，他在书上看过，子女在父母眼里永远是孩子。

妈妈想了想，说："你能确定自己认得路，不会迷路吗？"

"确定，路在嘴下，不认得问就是了。我这么大个子，难不成还怕被人拐走。"

"可大山里你去哪里问人？"

"反正我有办法。"

"什么办法？来说给妈妈听听。"

"妈妈你别烦我了，好不好。"叶明明起身去自己的房间准备行装了，他知道再坐下去，妈妈的担忧永远不会有个尽头。

“唉，这孩子呀。”妈妈的叹气声悠悠地传进了房间。

坐了一天火车，又转长途汽车，然后又在起起伏伏的山路上步行了两个多小时，叶明明总算找到了爷爷的家。爷爷的家在大山里，单门独户，一间小屋，坐落在山下。那小屋掩映在一片竹林里，竹林里有无数的鸟儿鸣啭不停。

最先看到叶明明的是大花，这条大犬本能地吠了一声，但立刻就认出了他。大花尾巴摇得风车似的乱转，嘴里还发出呜呜嗯嗯欢喜的声音，然后裹带着一股风，扑到了叶明明的身上，用热乎乎的舌头舔叶明明的脸。“大花，你好！还记得我呀？真够朋友！”叶明明心里感动得不行。

明明抬起头，看到了爷爷。老人正笑着看他。爷爷又老了不少。叶明明向爷爷走过去，想给爷爷一个大大的熊抱，但到了身边时，他又停住了，毕竟三年不见，有些生疏了。他伸出了手，自己也感觉很怪异。爷爷粗糙的大手一把握住了他的手，他感觉到那手传递过来的力道。爷爷拉过他，仔细看了又看，笑道：“小明，你是个男人了！”这他知道，自己唇边已经长出一抹淡淡的胡子了。对着镜子，他偷偷照过无数回。

两人一前一后进屋。一切未变，墙一侧排列着爷爷的十八般“兵器”：锄头、铁锹、斧头、砍刀、镰刀、扁担、木桶及镐，等等。屋中间有盘了老高的两个篾编围子，一堆是玉米，一堆是稻子。一只公鸡率了四五只母鸡居心叵测地在那里探头探脑。

桌上已经放好了热气腾腾的菜：红烧肉、红烧鱼、蒸鸡蛋、土豆烧鸡块、西红柿炒鸡蛋，还有一海碗冬瓜肉片汤。叶明明知道，这是爷爷待客的最高档次了。爷爷先坐下，往一只碗里倒满了酒，在另一只碗里，也给孙子倒了半碗。叶明明说：“爷爷我不喝酒，妈妈不让。”爷爷瞪了他一眼，说：“你现在是男人了，哪有男人不喝酒的？将在外，君命有所不受，到我这儿就别听你妈的！小子，别跟我废话，喝！”

于是，叶明明就喝。真冲，嗓子火辣辣的，呛得他咳了好几声。爷爷说：“小明你喝，尽管喝，别做客，酒是好东西哇！”说完就顾自喝了起来。叶明明偷偷打量了爷爷几眼，爷爷脸上胡桃壳一样密布着皱纹，腰也分明地佝偻了起来。他想了想，说：“爷爷和我一起去城里吧，好不好！”

爷爷瞪了他一眼，说：“喝酒！”

叶明明坚持说：“说完了，就喝。”

“别扫爷爷的兴，喝！”爷爷手中的一碗酒已经下了肚。

叶明明是被鸟鸣声叫醒的，头针扎似的痛。他强撑着起了床，走到水缸旁，用瓢舀了水喝，清凉得很。爷爷不烧开水，要喝就是小溪里的水。

桌上放了鸡蛋、山芋、一大碗粥，外加一碟咸菜。

叶明明吃了早饭，走出门，大花摇着尾巴迎了过来。叶明明问：“爷爷呢？”大花看了看他，扭头在前面领路，叶明明随它而行。

走过一个山角，叶明明看到爷爷正在往一片碧绿的菜地里担水呢。叶明明快步走过去，跟爷爷说让他来担，爷爷笑着搁下了担子。叶明明担起了两桶水，虽不算很沉，但没走几步，那水桶就前后左右地晃动起来，人也被晃得难于前行，桶里水泼洒了一地，爷爷看了在一旁哈哈大笑。

担了几趟后，加上爷爷的指点，叶明明渐渐掌握了诀窍，水桶随着步子有节奏地颤动，不再泼出来了，但肩膀却被扁担磨得生痛。休息时，叶明明又说起了让爷爷进城的话题。爷爷问：“是你爸爸的主意？”叶明明点头。爷爷又问：“你妈妈的意见呢？”叶明明犹豫了片刻点点头。爷爷问：“你妈妈洗手还是要用那什么绿妖怪？”“不，不是什么绿妖怪，是洗手液？”叶明明忍不住想笑。爷爷又问：“那地板还是一天用抹布擦两遍？”叶明明点头说是。爷爷头仰了老高，说：“请我去，你来可不行，得让你爸妈磕头来请，还要一架八人抬的大轿来抬！”叶明明又好气又好笑，说：“爷爷，不是我批评你，这个态度就是你不对了，你这不是故意刁难人吗？”

爷爷起身担起水桶，沉下脸说：“我就这个态度，小子，你少来教训我。”

叶明明苦笑着，他晓得上次爷爷进城不习惯妈妈的“规矩”，和妈妈闹了些不愉快，想不到爷爷至今还记着。他摇摇头跟在了爷爷身后，心想这老人还真固执呢，这说服工作还是慢慢做吧。

以后的日子倒也相安无事。

那天祖孙晚上闲聊，叶明明谈起了学校门口小霸王勒索敲诈的事，爷爷听了大怒，说：“朗朗乾坤，清平世界，竟然还有这等事！这些小子无法无天，警察不抓？”叶明明答道：“他们打游击一样，哪里抓得到？再说，抓进去没几天就又放出来了。”爷爷问：“小明，他们有没有敲诈过你？”叶明明满脸通红，说：“也被敲诈过，抢去了十块钱。”爷爷沉吟片刻，说：“都怪你老子当初忙着上学不跟我学拳，不然你爸就可以把拳术传给你了，怎么也不会受这窝囊气。”叶明明问：“爷爷，你真的会拳？听爸爸说过，我还不相信呢。”爷爷说：“笑话，我会拳还有假！年轻时四五个棒小伙近不了身，现在老了，打三两个人应该不成问题。”

叶明明说：“能不能打给我看看。”

爷爷说：“有何不可。”

只见爷爷走到场外一处平地，猛然起势，然后就走起拳来。这套拳并不似电视上常看到的套路那样富有美感，但拳风阵阵，跺脚如重锤击地，招招式式中似乎都藏了无限杀机，果然是凶悍异常。

叶明明连声叫好，爷爷收势后，他立即要爷爷教他这套拳术。爷爷说：“把这套拳传给你，是理所当然的事，但你须切记，学了拳不能恃强凌弱，不可惹是生非。”叶明明说：“我一定会做到的。”

爷爷说这套拳叫门神拳，是他的爷爷跟门神学的。叶明明大惊，问：“跟门神学的？”爷爷说：“是呀，我爷爷家门上贴了幅门神的画，他老人家天天给门神烧香，从不间断，这诚意打动了门神，于是门神显灵，在一个月夜向我爷爷传授了这套拳。门神一句话没说，只是打了一趟拳，我爷爷天性聪明，就看了这一遍就牢牢记住了。”

叶明明问：“是真的？不是编的故事？”爷爷有些生气了，说：“你难道不相信你老祖宗说的话？反正我信。我爷爷可是个实打实的人，从不打诳语。我小时见过他，大高个，说话跟打雷一样。”叶明明不敢再置疑了，他还真怕爷爷生了气不教他了。

从那天后，爷爷开始教他打拳，但每天也只学两三个招式，其余时间全是练功。压腿、站桩、排打、玩石锁、练五爪功等等，枯燥得很。叶明明稍有懈怠，爷爷便会一巴掌打过来，嘴里还要骂：“打拳不练功，到老一场空。任你学一百套拳法，如果没有功夫垫底，那只能是花拳绣腿，中看不中用。”

挨了打，叶明明觉得有些委屈，但又不得不承认爷爷是对的。就这样，叶明明每天早晚都在爷爷的指点下练拳。

假期快要结束了，他也终于把这套门神拳学完了，打起来也蛮像一回事了。临别时，他记起了自己的使命，说：“爷爷，我还想让你和我回城里，你教拳就要教到底，总不能让我学个半吊子吧。爷爷行行好，跟我去城里，等我学好了，你愿意回来就回来，行不行？”

爷爷笑了，说：“小明，你不要设个套让我钻，我才不上你当哩。你回去切不要中断了练武，记住，一天也不要中断，我包你会学有所成。以后放假你来，我给你再调教调教。你让我去你家，你说我这菜地怎么办，让它们都荒着？”

叶明明说：“荒着就荒着吧，我们家不缺这几个买菜的钱。爷爷你放心，等我以后大学毕业挣大钱了，好好孝敬你老人家。”

爷爷大笑，笑得眼眶里涌出了泪水，说：“好，我等着那一天。爷爷老了，只怕是等不到啦。”

叶明明说：“一定能！”

爷爷说：“好，我就等着吧。只是我不能去你们那个家，在那里我实在住不惯，憋死人了。再说，我走了，这老屋谁来看？还有，大花谁来管？”大花好像听懂了主人的话，过来一遍又一遍地舔爷爷的手，似乎是在请求爷爷不要抛弃它。

叶明明被大花感动了。

“还有呢，你那奶奶是个胆小的人，睡在那里我肯定她也怕得慌，隔三岔五我总要去看看她，跟她说说话，给她壮个胆。去了城里，我怎么去看？”

叶明明想起了长眠在墓里的奶奶，他想说人死了就什么也不知道了，根本不存在什么怕不怕的问题，但他没敢说出口。

“你妈其实是个不错的媳妇，你和你老子说，我在城里过不惯不能算是她的错。还有她每月都寄钱给我花，其实我根本也不需要，所以让她别再寄了。小明你记住了，那些钱我都为你攒着呢，存单都搁墙壁灯台下面一个洞里，密码是你的生日。我死了你就取去用。”

叶明明想说什么，但却没有说，因为眼眶里有泪水在转了，他故意转过了头，不能让爷爷看见，他知道爷爷不喜欢不男人的男人。

叶明明回到城里，一直坚持练拳不辍。他一直没有再去乡下。初三及高中的课程都很紧张，名目繁多的考试或测验，尤其是到了高二，一个接着一个来，没完没了。

高压之下，叶明明感觉几乎喘不过气来。

高二下学期，叶明明意外的有过一次“用武之地”。课间休息时，同学们从教室涌出来，在操场上散步或嬉戏。四个小痞子突然越墙而入，进入了校园。他们一进来就对一个漂亮女生动手动脚，并要带她出去“玩玩”。晓得他们是无赖之徒，同学们敢怒不敢言。叶明明上前制止，一场打斗便也无法避免。结果出乎所有人意料，看起来文弱的叶明明闪展腾挪，用了不到两分钟的时间打倒了三个人。同学们鼓掌拼命叫好，另一个光头想跑，但立即被男生们控制住了。

叶明明就这样成了学校的名人，校长表彰，媒体采访，闹得很轰动，但他一直很低调地面对这事。

紧张的高三生活终于过去了。

一句话说起来轻巧，但这其中饱尝了多少艰辛呀。叶明明果然是深孚家人所望，考上了上海的一所著名大学，专业也是他喜欢的电子计算机信息。一家人欢喜，自不待言。

叶明明决定上学前去乡下看望爷爷，一则是与老人分享快乐，二来希望拳术上再得到点拨，另外，更重要的是还想做爷爷的工作，让他尽快到城里来和家人团聚，这样一家人才能放心。为了确保这次游说成功，他请爸爸、妈妈与他一起去乡下，爸爸自然是没有问题，满口答应了，妈妈犹豫了片刻，说可以。

叶明明又说：“爷爷放心不下奶奶，我想以后我可以利用假期陪他回去看一看。他老人家如果走不动了，我也可以一人去。还有大花，我们索性就把它也带来吧。把它留在乡下，爷爷是不会来的。”

妈妈表示反对，说：“那么一条大狗在家里待着，脏死了！家还是个家吗？”

叶明明说：“这个问题应该好解决，我要去读书了，卫生打扫的事可以由爷爷和爸爸来负责。妈妈，我向你保证，一旦大花来到这里，你爱它还爱不够呢，大花可是我见过的最讲感情的狗。”

妈妈不说话了。

叶明明看了看爸爸，爸爸没有说话，但从他的眼神里可以解读到对儿子的赞许。

叶明明说：“那就这样了。明天我去买票。散会！”

妈妈似乎还没完全反应过来，问：“就这么定了？”

叶明明说：“是呀，就这么定了，你还有什么不同意见吗？”

妈妈红着脸摇了摇头。

“散会！”他站起了身。

第二天，叶明明去车站买了票，兴冲冲回到家。他发现气氛不对，以为是父母亲吵架了。他想，一定是妈妈反悔了。还没有来得及开口问，妈妈就已经哭出声来了。她告诉叶明明，刚接到乡下亲戚打来的电话，爷爷已于今晨去世。

叶明明拿着车票的手剧烈地颤抖起来。高中以后，他曾与自己约法三章，其中有一条就是不在别人面前流泪，可这眼泪岂是控制得了的？他忍了半天，终于还是憋不住，眼泪破堤一样涌了出来，最后他索性放声大哭了。

泪眼蒙眬中，他看到了爷爷大笑的身影。爷爷说过的话也在耳边响起：“好，我等着这一天。爷爷老了，只怕是等不到啦。”

迷藏

李维明

暂时休学的他，带着对校园的不舍，来到父母打工的城市生活。在这个陌生的地方，他会遇到什么呢……

终于凑足30块钱了，终于可以去买那本《中学生数学习题选解》了！两个月前，我在书店里翻过这本书，觉得很适合自己，可标价29.5元，真贵呀！当时钱不够，只好作罢。

匆匆赶到“新知”书店，走进去，里面正吵得厉害。原来一个和我差不多大的男孩，因为偷书，被胖老板逮着了。那男孩眉清目秀，戴着眼镜，很文气，背了个看起来很重的大书包。现在他正一脸可怜相地低着头不作声，旁边围了好几个人看热闹。

胖老板说：“你以为很高明吗？在我面前玩花样，你还嫩了点！”

男孩红着脸不说话。

“告诉你，我已经注意你很久了，想做贼先把这门技术学好了再来！”胖老板重重地拍了拍男孩的脑袋，又看了看周围的人。

男孩脸更红了。

“说吧，怎么办？”

男孩低声说了句什么，那声音大约也只有他自己听得见。

“大声点！别扭扭捏捏地跟个娘儿们一样。”

“我错了。”

“你错了？错了该怎么办？”

“下次再也不敢了。”男孩头低得更狠了，看样子，他是想找个地缝钻进去。其实我很同情他，我知道想看书却买不起书的那种心情，只是再怎么着也不能做这种事呀。

“你别跟我说什么敢不敢了，我管不了那么多。偷一本书，罚你两本的钱，够意思了吧！”老板翻了翻那本书，又递给那少年看，“定价28元，你付我56块钱走路。要不，就请你的家长或者老师来！”

“我身上没有钱。我回家去拿，行不行？”男孩抬起头来看了胖老板一眼，又快速低下了头，不敢与胖老板对视。

“回家去拿？我会上你这当？喏，我的手机给你用，就在这儿打。”胖老板一脸不屑地说。

男孩不接，说：“我保证会回来的。”

“我凭什么相信你，相信你一个小偷的保证？”

“小偷”两个字，一下击中了那男孩。他的脸红一阵白一阵，愤怒、尴尬、无奈和害怕的表情混杂在一起，浮现在他的脸上。

“老板，他已经认错了，就原谅他一回吧。”我站出来说。

胖老板看了我一眼，问：“你们是一伙的？”

“不是。”我说。

“不是？”

“真的不是！”

胖老板瞪大眼睛看了看我，说：“唔，是不像，一看就知道你是乡下来的。要买书就赶紧过去，买不起就走，别碍事！”

乡下人就低你们城里人一等？你们城里那么多高楼大厦不都是我们乡下人盖的？你们吃的粮食不是我们乡下人种的？没有我们乡下人，你有这么神气？想到这，我狠狠地瞪了他一眼，说：“你怎么知道我不是来买书的？”

听我说是来买书的，胖老板语气缓和了，说：“要买书就买吧，别在这里掺和了，这里没有你的事。”

我说：“他买书的钱算我的，行不？”

“哟，看不出来，你还是个小阔佬！”胖老板想了想，说，“行，你把钱付了吧。”于是，我掏出了皱巴巴的30块钱。胖老板皱着眉头把三张10块钱摊开，又伸出手道，“还差26块钱。”

我结结巴巴地说：“我只有30块钱，都是我在外面捡瓶子卖的钱。一个瓶子卖4分钱，我一共捡了800个，卖了32块钱，其中2块钱买了冰棒，剩下的全在这里了。”

胖老板又仔细打量了我一番，然后搔了搔头，在计算机上揿了几下，说：“那就不罚你们了，你攒钱也不容易。我再给你打个八折吧！嗯，22.4元。算了，零头也不要了，就收你22块钱吧。”

想不到他并不似我刚才想的那么坏，我接过他找回的8块钱，给他鞠了个躬，说：“谢谢老板！”

胖老板笑了，说：“不错，你这小鬼还是懂礼貌的。”

我把那本《外星来的捣蛋鬼》拿过来，看了看目录，翻了几页，然后放到了那个男孩手里。

男孩拿着那本书，看看老板，看看我，有些不知所措。我说我们走，他便跟我并排走在一起，样子很机械，像个机器人。

我俩从“新知”出来，走在街上，他明显轻松了许多，说：“要不是你拯救我，我死定了！”

我感觉他这“拯救”和“死定了”有些夸张，就说：“不过是帮了你一下。”

他认真地说：“就是‘拯救’，一点儿也不过分。如果让我妈妈知道了这事儿，肯定逃不过一顿骂，还要听她一夜的哭声。一夜，你说恐不恐怖？如果这事传到学校，就更要命了！老师不会饶过我的，还有班上那几个死对头，不乘机疯狂打击我才怪呢。你说我那时还能有脸活下去吗？”

我说：“知道错了，改了就好。”

他苦笑着说：“不是那么简单的事。‘改了就好’，别人可不这么看，不看你笑话才怪，不一棍子把你打死才怪。有句成语说‘一失足成千古恨’，你知道吗？”

我说：“知道。”

“知道还说改了就好。”

“……”我无语。

我自我介绍，说我的名字叫李多财，家在老远的乡下，读初二。因为父亲工地原来的包工头携款逃跑了，父亲一年的工资泡了汤，所以我的学费交不上了，现在暂时休学，随父母来到城里生活。

听说包工头携款逃走，他骂了一句很难听的脏话，又说：“这家伙罪该万死！”

我说：“他可能也有他的难处。爸爸说他平时待工友也还不错，只是实在不该这样做呀。爸爸一位工友的父亲重病要住院，就等着这钱呢，后来……”

他问：“后来怎么了？”

我说：“听爸爸说，那位老人死了。”

他怔了一会儿，才说：“那个包工头其实就是谋财害命呀！这样的人，你还说他有什么难处。唉，看得出你是个好人。”

“你愿意和我成为朋友吗？我家就在前边金地大厦

工地上，一个单独的小工棚。”我向他伸出手。在这座城市我没有一个朋友，孤独得很，我很渴望友情。

他犹豫了一会儿，说：“其实我不是个好人，刚才你也看到了。干吗要和我这样的坏蛋做朋友？当心我把你带坏了。”

我说我相信自己的眼睛，你绝不是个坏人，而且犯了错误，只要改了就好。他笑了，说：“你又来了，又来了！我可不爱听。”后来他告诉我，他今年13岁，叫王志刚，在第十中学初二（3）班读书。他说他以前并不差钱，后来因为父亲有了另外的女人和母亲离婚了，母亲带着他过。父亲生活费经常给的不及时，所以他现在经常会缺钱或者没有钱用。

我想了想，说这不是理由。

他说：“你不知道，这些日子我就想看这本《外星来的捣蛋鬼》，着了魔一样。我就想知道那个外星来的捣蛋鬼是怎样大闹校园的，老师校长又是拿他怎么办的？一定超级好看！可我没钱，你说我怎么办？”

“怎么办？反正不能……”我想了想，还是没有说出那个字来。

“你别不说呀，说嘛，‘偷’是不是？我承认是偷，好了吧！你骨子里也瞧不起我，难道不是吗？”他生气了，说，“以后少和我来这一套，我最讨厌别人来教我这教我那了。”

我说：“我没有别的意思，就是希望你不要走错路。你既然不喜欢听这个，我以后不说就是了。”他扑哧又笑了，说：“你想和我做朋友，就得记住这一点。”我也笑了，真是个让人琢磨不透的家伙。

我们顺着马路走了一会儿，他从书包里拿出本子和笔，让我写下自己的姓名和老家住址，说以后会找我的。我说：“我不久就要回乡下去了。”他说：“那我也能想办法找到你，即使你以后离开乡下，上了大学，我也能找得到，我可是玩捉迷藏的高手。”

想到过去用布蒙住眼睛和同伴们玩捉迷藏的种种开心，我笑了，问：“你们城里人也玩这个？”“现在哪还有人玩这土得掉渣的游戏！还不是小时我爸我妈和我玩过。现在我老爸恐怕是在和他的新儿子玩了。”他的脸暗了下来。

我让他也写下他的姓名和联系方式，他却突然记起了什么似的说：“哦，我得赶快去学校了，迟到了就惨了，要罚站一堂课呢。以后我会找你的。”他一溜烟跑走了。看着他匆匆离去的身影，我真的很羡慕，如果现在能让我去上学，罚站三天，我也愿意，可这样的“幸运”离我远得很呢。

我想打一份工，这样可以分担一些家里的负担，但爸爸妈妈都不同意。就在我踌躇满志想要自己挣钱时，复学的事突然有了转机。大学毕业留在外地工作的小舅舅赶到我们这儿，送来了钱，并让我的父母立刻送我回乡下读书，他说一刻也不要耽误，要不会后悔的！“有钱能使鬼推磨”，现在有钱了，我李多财又可以回学堂了！

临走前，我很想再与那个男孩见上一面。那个下午我没捡破烂，专门去了第十中学。找到初二（3）班时，正是自习课，课堂里是我熟悉又久违了的安静，我在窗户外向里张望，却始终未看到他。

见我探头探脑，一个显然是班干的戴眼镜的女生出来问我找谁，我说找王志刚。她很严肃地说现在正是上课时间，让我下课再来。我问：“王志刚是在这个班吗？”她肯定地点了点头。我离开教室，走到操场上，一人在小道上溜达，打量着这校园。下课铃响了，我向教室走去，一个胖嘟嘟的学生迎了过来，他有些奇怪地问：“你找我？”我说：“不是，我找王志刚。”他说他就是王志刚。我问：“你是初二（3）班的王志刚？你们班上没有另一个王志刚了？”他说："我向你保证，我们班就我一个王志刚。据我所知，我们年级也只有我一个王志刚。"

我傻了。那个男孩是在耍我！

这样的人，不值得当朋友，还是忘了好。

回到乡下，我投入到学习之中，补课还要学习新课，学起来真的很困难，但因为有了休学那段时间的生活体验，我对眼前的学习机会倍加珍惜。我进步很快，排名由原来的二十几名跃入到前三名，并且一直很稳定。

春节，爸爸妈妈都回来了。爸爸给我带来一封信，信是塞在工棚门里的，信封上写着我的名字。我有些紧张地拆了那信封。除了信以外，里面还夹了30块钱纸币，信后并没有署名。我一目数行地看了信的内容，哦，是那个冒名男孩写的。

他讲述了他的近况，他在信中说："请你放心，我不会再犯那样的错误了，我可以发誓甚至用生命赌咒来向你保证。如果当初不是你'拯救'了我，真不知道以后会发生什么事情，我想说一百个谢谢！由于纸张限制，这里我就100×'谢谢'了。"关于假冒一事，他道了歉，说："这样做你可以理解吧，不理解？这都不理解？这么不开窍，你还想上大学！那就拍着脑袋狠劲想吧！想通了？理解了？那就对了，说明你还行！所以现在我仍然不会告诉你我真实的姓名，这个迷藏还要玩多久，我不能确定，但请记住，你有一个很狡猾的朋友会在暗中关注你，并为你祝福！"

看了这段话，我忍不住笑了。我的眼前又浮现出那个男孩眉清目秀的面庞。一直在旁边悄悄观察我的妈妈轻声问："这么开心，是谁给你写的信？"

"朋友，一个至今都还不知他姓名的朋友。"我说。

减压

刘殿学

学习确实要勤苦，但也要劳逸结合呀，就像作者说的那杯水，拿的时间久了，重量即使再轻也会觉得累。看看作者的文章，想想自己的减压办法，学会承重也是人生的必修课哦……

期终排名考试，下周三进行。这是一次公开的排名大考，初中三年级一共12个班，600多名同学。学校通过这次考试，要在这600多名同学中，选出110名学生，进入“特色班”学习。“特色班”其实就是“攻坚班”，为考重点中学打基础，就像现代战场上的特种部队。不过，他们要攻克的不是敌人的碉堡，而是全市那几所重点高中，如一中、八中等，同学和家长戏称这些重点高中为“108”高地。

我们375宿舍八个人，人人都在复习迎考，但大家的学习方法不同，有的学得活，有的学得死，也有的人早有自知之明，知道自己忙活也白忙活。有可能进特色班的，八个人当中没几个，明显有把握的，只有秦浩一个人。

瞧人家那刻苦劲儿，跟特种部队训练没二式！半个多月来，几乎没在3点之前睡过觉，有时被同学逼到床上了，自己躲在被子里，用手机照亮看书。去食堂买饭，也怕耽误时间，请同学带个馍，或者带块饼，自己喝点饮料，就对付过去了。看书看得两只眼泡发青，写字写得手指长茧，走路就跟林黛玉似的。

看秦浩这样，我们七个人心里又疼又急，干吗这样？这模样还准备拿下“108”高地？恐怕冲不到半山腰，自己就先趴下了！不行！离大考还不到一个来星期，说什么也得让他放松放松。最起码，放学后得让他走出宿舍楼，到外边去跑一跑，活动一下身子骨，不能让他一进宿舍就伏在那张公用桌上。我们好好跟秦浩说这些，他不听，叫我们别捣乱。后来没法，只好找代理班长商量。他叫我们用“突然袭击”的办法，吓唬他走出宿舍楼。

于是有一次，金鑫和仲子凌喊秦浩出去打羽毛球，喊了几遍，他也不肯丢下笔。仲子凌急了，大喊：“快跑呀！宿舍楼着火了！”

秦浩被这一吓，扔下笔就跑，刚跑到门外，仲子凌就拉着他往操场跑，跑得上气不接下气，大伙才停下。

秦浩累得蹲在地上，问：“哪儿着火啦？咋跑到这儿来了？”

看他吓得要哭的样子，仲子凌和金鑫笑得回不过气来。知道仲子凌哄他后，秦浩急得直捶仲子凌。

两人停住笑，对他说：“你别那么死心眼了，一定得看见火才跑呀？这叫逃生演习，知道吧！要是真的发生火灾咋办？”

以后几次，我们不喊着火，喊地震，或者喊宿舍里有蛤蟆。咋一叫，能吓得秦浩跑出宿舍来。可是，这样的小阴谋使多了，也就不灵了，秦浩知道我们在玩“狼来了”的小把戏，便不理我们了。

没过几天，大考的日子临近了，学校报窗里贴出了教务处的通知：“明天下午4点，初中三年级考试。无论是走读生，还是住宿生，必须在下午3点45分前进入考场，请各班提前做好准备。”

通知一出，班级气氛一下子紧张起来。

每次迎接考试，同学们各有各的习惯，有的同学，越到考前越紧张，吃不下，睡不着。有的同学，越到考前越放松，已经复习过的课本扔得远远的，打球、跑步、上网聊天，想怎么玩就怎么玩。大多数同学主张考前还是刷新一下脑子为好。

仲子凌倡议宿舍里的兄弟集体休息一下，他还举了个例子：

在一个有关处理压力的课堂上，讲师向学生做了一个示范，提出了一个问题。他举起手中的玻璃杯，问台下的同学："你们估量一下玻璃杯内的水有多重？"

学生议论纷纷，答案不一，范围由20克到500克不等。

讲师说："那些水的实际重量并不重要，重要的是你拿着水杯的时间。如果拿一分钟，OK，一点感觉也没有。如果拿一小时，手臂会酸痛。如果拿一整日，可能就要去医院了。重量一样，拿在手中的时间越长，便会觉得手中物件的重量越重。"

步入正题，其实，人的情绪和玻璃杯里的水差不多，如果长时间担着重担，即使担子的重量不变，人也会感到担子变得越来越重，最后重到负担不起。要减压就应放下担子休息一下，然后再继续前行。

于是，我们宿舍的几个哥们一致举手表决：考试前一天，坚决不复习，啥事也别干，到操场去玩个痛快！然而，举手的只有七个人，秦浩不赞成也不反对，只是伏在桌上做他的题。

仲子凌有点来气："你那脑子是铁打的不成？一天24小时，总得让它停下来歇一会儿呀！班主任指望你为班上争光，我们宿舍几个人也指望你'鸡窝里飞出金凤凰'哪！明天就上战场了，今天调节一下脑子也不肯？"

不行，得想个法子治一治他，哪怕让他的脑子休息半天，或者两个小时也好。

有什么点子呢？还是仲子凌聪明。他说："哎！三国里有个'金蝉脱壳'之计，听说过吗？"

“没听说过。”

仲子凌翻翻白眼接着说：“我在网上看央视‘百家讲坛’知道的，听我跟你们说。刘备取得益州之后，就在汉中称起王来。但是，江南的孙权集团，朝思暮想，企图夺取荆州。荆州在魏蜀吴三国鼎立时期，是兵家必争之地。而刘备自己却在汉中称王，把这个重要门户交给关羽。名义上是信任关羽，把这么重要的战略重地委任于他，实际上，刘备玩的是‘金蝉脱壳’之计。关羽若是守住荆州更好，守不住，也不能对他的益州构成威胁。”

仲子凌讲了半天，我们还是弄不明白，这与让秦浩放松减压，有什么直接关系？

仲子凌进一步说：“下午我们班没课，老师让大家自己复习。吃过饭，我们六个人统统回家一次，宿舍里只留刘家亿一个人。刘家亿，你是秦浩最要好的朋友，就留你跟秦浩做伴。”

刘家亿不知仲子凌葫芦里卖的啥药，问：“干吗留我？你们回家去改善了，就不许我回去呀？学校食堂那是啥饭！我都想死我老妈做的饭了！不行，我也要回家一趟。”

仲子凌看刘家亿又跺脚又噘嘴的，就悄悄地走到刘家亿跟前，如此这般地对着刘家亿耳朵说了一气，最后大声说：“这叫‘明修栈道，暗度陈仓’，懂吗？”

“不懂，没听说过。”

仲子凌是班上出了名的古典才男，四大名著小学三年级就看完了，满肚子都是典故，刘家亿哪比得过他！什么修栈道不修栈道的，不行，刘家亿也要回去。

仲子凌把刘家亿按在床上说了半天，刘家亿好像听明白了“明修栈道，暗度陈仓”是什么意思。当年楚汉战争，刘邦为了打败项羽，听从韩信之计，声东击西，表面上修筑栈道牵制项羽的军事力量，实际暗中绕道偷袭陈仓，一举打败项羽，战争大获全胜！仲子凌这时想出这个计策对付秦浩，也太有才了！不服不行。刘家亿同意留下。

午饭一吃完，那六个胖胖瘦瘦的哥们，纷纷逃离“关塔那摩”（由于学校吃的住的都不如家里，而家长硬是到学校交钱，让刘家亿他们住校，刘家亿他们就给这个八人宿舍起了个残酷的名字：关塔那摩），回家去过幸福生活了。

宿舍里安安静静，就像一窝小喜鹊突然飞走了，只留下一个空巢一样。

刘家亿看看秦浩那安然的神态，就像刚才那阵嘻嘻哈哈，根本没在375宿舍，而是在火星上发生的。他仍那样不动声色地做他永远做不完的题。

刘家亿悄悄地走过去，坐在他身边。

他这才发觉宿舍里有了变化，问刘家亿：“他们呢？都哪儿去了？”

刘家亿告诉他，下午没课，都回家了。

他转过脸，问刘家亿：“你咋不回？”

刘家亿不能说为啥不回，就说：“向你学习，好好复习迎考呗。”

他苦苦一笑，又做题。

这个没心没肺的，根本没发现刘家亿是潜伏下来的。刘家亿看时间已经差不多，就按仲子凌之计，一步一步“暗度陈仓”，假装躺到床上看书。看了一会儿，就假假地捂着肚子。看看秦浩，他仍那样，就跟旁边根本没有这个刘家亿一样。

刘家亿向他狠狠地瞥了一眼，满心怨恨，慢慢地小声哼哼道：“哎哟！肚子真难受！”

刘家亿难受刘家亿的，他做他的题，伏在桌上一动不动，就跟没有听到似的。刘家亿声音就更大些：“哎哟！肚子难受死了，秦浩！”

听刘家亿喊他名字，他才问：“怎么啦？”

刘家亿脸揪成个歪瓣：“可能，可能是中午食堂的虾没炒熟吧！哎哟！这个倒霉的食堂！明天谁再叫我去买饭，我就跟谁急！”

秦浩看刘家亿真的难受的样子，就放下笔：“怪食堂干什么？吃药吧！我看看我这里还有没有治肚子疼的药。”他站起来，去他上床的枕头下找。找了半天，也没找到，就说：“哎呀，我的药都用完了。”

用完了好。刘家亿马上说：“真不巧，我的也用完了。”说着，刘家亿使劲儿捂着肚子，“哎哟！疼死我了！”

秦浩看刘家亿痛苦得眼泪都要出来了，再也坐不下去了，问：“那，打120吧？”

刘家亿摇摇手，说：“我这毛病我自己知道，以前一疼起来，吃两颗诺氟沙星就好了。”

“现在哪里有诺氟沙星呀？”

“出学校大门往东拐，300米左右的地方，有个长春大药房。麻烦你秦浩，请你为我跑一趟吧！救命如救火呀！哎哟！疼死我了！”

刘家亿一边喊，一边悄悄地看着秦浩。看他依依不舍地合上练习题册，无奈地说：“好吧，你等着。”说完就走了。

他走后，刘家亿偷偷地从窗户往下看：他走出宿舍大门，仰脸看看天，好像第一次看到太阳似的，阳光那样刺眼，忙用手遮着额头，往前小跑。刘家亿心里高兴，跑吧“老迂头”，不让你去买药，八抬大轿抬你，你也不肯下楼去！

不到半个小时，药买回来了。秦浩一头汗，拿起桌子下边的暖瓶摇，摇摇这个，放下，摇摇那个，又放下，没一个有水。抱怨道：“这些死家伙，咋一个瓶也不打水？”

P46《游说》图

P46《游说》图

P82《购买友情的男孩》图

P82《购买友情的男孩》图

刘家亿心里说，你自己什么时候下楼打过水，还骂别人？刘家亿心里骂，嘴上还是挺软，说：“没水吗，秦浩？”看看他手里的药，说，“没开水算了，就接水管里的水吧。”

“水管里的水能吃药呀？”秦浩显得很无奈。

“那我干咽吧，噎死拉倒！”刘家亿有些赌气的样子。

秦浩能让刘家亿噎死拉倒吗？真正噎死，他肯定舍不得的。

秦浩站在地中间，无措地转了两圈，然后说：“那，那我去伙房看看。”

刘家亿知道他要说这句话，就顺水推舟：“谢谢！谁让你是我最好的哥们哩，关键时刻就靠你了！”

好一会儿，开水打来了。

刘家亿问：“伙房打的吗？”

秦浩大概跑得很快，有些气喘，说：“哪里！伙房关门！我去锅炉房打的。”

学校锅炉房离得好远，大家平时都懒得去那打水。刘家亿马上安慰他：“这下跑累了吧？不好意思！”

秦浩不吭声，给刘家亿倒了水来，让他吃药，自己又想往桌子旁边坐。

刘家亿一看，马上说：“秦浩，我一个人吃不下去，这药咋这么难吃呀！你来帮我一下好吗？”

秦浩又放下笔，走过来：“怎么啦？你吃药还要人帮忙呀？真娇！”

刘家亿苦笑，说：“不是，我在家习惯了，吃药，都是妈妈托住我后背，否则，药吃下去会吐出来的。”

秦浩不情愿地弯下腰，托住刘家亿。

好在两颗诺氟沙星也吃不死人，否则，刘家亿还真得为这鬼家伙壮烈牺牲哩！

秦浩托了刘家亿一会儿，就要松手。刘家亿又说："秦浩，你陪我一会儿好吗？我害怕！觉得心里好慌，我可能会死的，秦浩！"

秦浩眼一瞪，好像闻所未闻，一个人肚子疼就会死？他笑笑，说："你胡说什么！肚子疼就会死呀，那地球上一天要死多少人呀！你咋这么能想！"

刘家亿进一步装傻："你别离开我，我心里好冷！"

秦浩叹了口气，又把刘家亿托在他膀弯里。没一会儿，就听不到秦浩的声音了。刘家亿转脸一看，他睡着了。

睡吧！好好地睡吧！可怜的人！

一觉醒来，已经是晚上8点。

回家的六个哥们纷纷来到宿舍，看秦浩死死地睡在刘家亿身后，便将手里大包小袋的好吃的，轻轻地放下。

仲子凌悄悄地问刘家亿怎样，刘家亿说，一切进行得十分顺利。他问秦浩睡了几个小时了，刘家亿举起一只手。

仲子凌说："成！我们的减压目的已经达到了！这次，秦浩出线，完全有希望。"

快到上晚自修的时间了，不能让秦浩再睡了。仲子凌轻轻地一搔他的胳肢窝，醒了。

仲子凌为他的"明修栈道，暗度陈仓"之计大功告成而高兴，他把从家里带来的"宫保鸡丁"、"凉拌海蜇丝"什么的全都放开来，让大家品尝。接着，其他几个人也纷纷"慷慨解包"，"和盘托出"各自的美食。

八个胖胖瘦瘦的哥们，以茶代酒，一齐为明天胜利占领"108"高地，干杯！

无排斥光的一次实验

刘殿学

无论在哪里，都会有很优秀的人同时出现。那么，优秀的人在一起究竟会变得怎样呢？什么叫“无排斥光”呢？

下一节是语文课。

我看见刘老师从三楼楼梯口拐弯上了楼，后边还跟着个背书包的男生，以为他是邻班的同学，结果不是，他竟然跟着刘老师走进了我们班。

一进门，全班同学一齐看那男生，看得他很不好意思，欲往语文老师身后躲，脸红红的。小模样还挺帅，乍一看，有点像《哈利·波特》里那个骑扫把的男孩。

刘老师放下手里的课本，说：“大家有了新发现是不是？我来给你们介绍一下新伙伴。”他将那男孩往前让了让，“他叫石东山，刚从乡下转来。从今天开始，他就是我们班的第58位同学了。”刘老师说完，看了我一眼，一拉他，“石东山，来，你就跟第四排的班长虞清江同学坐一起吧。”说着，直接把那个“哈利”领到我桌边来，“虞清江，给你一个新朋友好不好？”

好不好都已经站到跟前了，还能说不好？出于礼貌，我马上站起来，说好。我知道我一个人独占一张课桌的日子是不会长久的，背后老有女生说班长特权，老师包庇，这下甭说了吧！我料想终归会来新同学坐我旁边的，但没想到是位“哈利”，长得比我高，又一脸的英气。“将来各方面会不会比我强呢？”我想。

刘老师刚转身往讲台走，“哈利”马上伸过手来，对我一笑，小声说：“您好！”听出来了，他说的是您不是你。

初次见面，出于礼貌，我也握了握他的手：“你好。”

坐下。二人无语。

听老师讲了一会儿课，他叮叮咚咚地开始把书包里的东西往课桌下面放，碰得桌椅一个劲儿地响，周围同学要继续听语文老师讲课，不时地掉头看他。

刘老师讲着讲着讲到了“露马脚”一词，就停下来，插问：“‘露马脚’还有个典故，谁说说看，是什么意思？”

所有同学面面相觑，没一个知道的。我想了好一会儿，好像在一个什么刊物上见到过这个典故。快速理出个大概意思，正要举手发言，旁边正往桌里放东西的他“啪”地先举起了手。

刘老师一指他：“好，新来的石东山同学说。”

石东山站起来，口若悬河：“明朝皇帝朱元璋，从小生活在一个贫苦的家庭，1651年参加郭子兴的农民起义队伍，他英勇善战，后来当了官，郭子兴就把自己的养女马氏嫁他为妻。马氏是个农家姑娘，粗手大脚，只会干活。后来，朱元璋当上了皇帝，皇后是个大脚女，多丢人！古代女子三四岁就缠成‘三寸金莲’的小脚，才是最美的，这双大脚能见文武百官吗？于是，每到出宫，马氏就用特别长的裙子遮住自己的大脚，不让别人看见。一天，朱元璋带着马氏一起出宫拜天，皇家御队举伞扬帆，沿街前行。突然，从巷子里吹来一阵风，‘呼啦’一下刮起了皇后的裙子，那双丢人的大脚板还是被人看到了——‘露马脚’一词由此而来。”

一边石东山说，一边几个女生在偷偷地捂着嘴笑。笑归笑，她们不一定说得出来。我想起来的那个“露马脚”典故，肯定没有石东山回答的那样详细。他讲出了一个完整的故事，有情节，有形象，很生动，连语文老师都有点佩服了：“回答得好极了！请坐。”

他的回答，让许多同学惊叹。

下课了，我没有出去玩，急着想了解一下这个新同桌的情况：“你原来是哪个学校的？怎么学期中途转学？”

“我本来在同旺乡上乡校，后来爸爸在城里打工，请朋友帮忙找了个关系，把我转到城里来上学了。就这样。”他手里忙活着，嘴里又说，“乡下教学水平没你们城里高，我也想多学点东西，白鸽挑亮的地方飞嘛。就这样。”

我心里还记着他刚才的发言，避开他的话，说：“看来，你语文水平和口才都不错嘛，‘露马脚’那个典故知道得那么多，讲得那么详细，那么生动！”

“哪里哪里！网上看到的一个小故事，就记住了。就这样。”

我跟他说了两句话，他用了三个“就这样”，这家伙口头禅挺个性，内心里对他有点刮目相看。

下午体育课，我们班女生队与男生队篮球比赛。我是男队后卫，组织、指挥全是我。石东山刚来，跟其他同学还没熟，一个人站在场边看我们打球。

刚打了两回合，他站不住了，主动当起了场外指导，拉住我：“哎！虞清江！你后卫不能光运球，知道吗？等你一下一下把球运到前场，对方都已经站好位子了，要传！抓住机会，一竿子‘啪’传到前场，打她们个措手不及！就这样。”

虽然他的长传战术还真的奏效，但我有点不愿意被他说三道四般的指导，“才到班上，凳子还没坐热，就提溜起我这个班长来了？我这后卫当几年了，还不会长传？嘁！”

最后，我们男队胜了女队20分，总结时，许多同学都承认石东山说得对，要不是那几个长传球砸得女生顾前顾不了后的话，最后谁赢谁输，还真没准儿。

我心里明明知道事情确实是这样，但有点不愿承认，尤其不想承认石东山场外指导的作用，倒有了一种感觉——他的来到，似乎对我构成了威胁！削弱了我篮球队长的威信不说，还动摇了我语文课代表的地位。很明显嘛，他的语文知识比我广，作文也写得比我好。前天，语文老师把他的《夏之声》当范文在班上朗读，而且还特别欣赏石东山开头那几句，反复在全班同学面前玩味：“如果说，春是个天真烂漫的小姑娘，那么夏，算得上是个阳光少年，靓丽、时尚、潇洒，很帅！他的个性，不像春姑娘那样喜欢花，他的生命里几乎全是绿！树木花草，庄稼菜蔬，无不苍翠欲滴！你看，调皮的他，成天荷叶当帽，翠藤当带，玉米地、棉花田……到处绿疯了！就像个无羁无绊的绿色牛仔，一会儿冲到瓜棚里与打盹的看瓜爷爷开开玩笑，一会儿又跳到游泳池里与孩子们同游。”看得出，老师心里的语文之星人选已经开始由我向石东山转移，不知，接下来他还要对我造成什么影响？——天！我这个班长的位子会不会也会由他来坐？

周五下午，班主任叫我带全班同学到南郊新落成的植物园参观。南郊植物园规模很大，植物种类很多，去那儿参观，肯定会有不少收获。但是，第一次带全班同学出游，担心不太好组织。临行前，我交代又交代，以学习小组为行动队，注意安全，不能乱跑，违反者回来扣分。可是进了公园大门，原来分好的四个小队就有些乱了，我怕发生危险，赶快用电喇叭大声叫喊：“哎！各小组归队！不要乱跑！”

嗓子喊痛了也没用，几十个同学还是满山钻，自己想看什么就看什么，把组织纪律忘得一干二净。我急得要哭，哎，老师来了就好了！

乱哄哄，吵闹闹，石东山也担心出事，马上过来对我说：“哎老虞（他来班上不久，就入乡随俗，叫男生也喜欢在姓前面加个“老”字），你看出乱象的关键在哪儿了吗？”

“什么关键？”我又急又烦，谁管他关键不关键！

他很认真：“关键是你没把责任落实到个人，你让大家都负责，结果大家都不负责，才出现这种局面，就这样！”

“那你说该怎样？”我看他认真了，也缓了缓语气。

“赶快把各组组长找来，让他们把自己的人叫回队里，哪个队出了事，你就罚小队长，就这样！”

似乎有些道理，我马上把各组组长叫来，狠狠地下了命令给他们，哪个队出了问题，扣队长的分！四个组长马上满山跑，分别去找自己组里的同学，局势很快得到扭转，队伍很快就有了秩序。

第二天，老师表扬了我，叫我把这次郊游活动总结一下。

总结什么呢？责任到个人应该是第一条经验。老师能表扬我，实际上，应该感谢石东山，我心里想对他说声谢谢，嘴里却说不出来。看着他，倒觉得他坐我旁边越来越高大，越来越压迫我，甚至威胁我了，总想找个机会削他一削——否则，让他太光亮了，我必然就暗淡了。他没来之前，班上数我老一，无论语文、数学还是英语，班上五十几个同学没人能超过我。谁会料到，一个乡下来的“小赤佬”，上个单元测验，英语竟多我两分。不行，得想个法子遏制他一下，否则……对了，语文快期中考试了，决不能让语文考试状元旁落。

临考前一个星期，石东山手里总是不离那本北京市海淀区编的语文复习册，宝贝似的，都不让别人看一眼。快上课时，他和王一江上厕所，那本复习册大喇喇地躺在我旁边，书上密密麻麻地写满了字。哇！这家伙好用功啊！怪不得懂的东西那么多！嗯，趁机跟他开个玩笑。我悄悄地拿起那本复习册放到讲台前面的电视机下边。石东山从厕所匆匆回到教室，数学老师跟着就来上课了，他马上拿出课本听讲。下了课，又接着做题，题没做完，就放学了。也许是这次习题难了一些，他一边想着，一边往楼下走，根本没想起那本语文复习册。

这简直就是上帝给我机会！等同学都走完了，我装着回教室锁门，顺便将石东山的那本语文复习册带回了家。

晚上老爸给我下好面条，叫我吃饭，我一点儿也不想吃。我想把石东山的这本语文复习册迅速看一遍，重要的章节折起来，让老爸帮我扫描一下，留下来变成自己的武器，这样，我就等于打入对手内部了。

三忙两乱，过去一个多小时，放在桌上的那碗面条成了面糊团团。一会儿，老爸从书房出来，大声惊叫道："虞清江，你还没吃饭呀？你今天咋回事？这么废寝忘食！"说着，走到我房间，"你在干什么哪，把书折成这样？"

我连忙说："嗯，借了同学一本语文复习册，赶快看一遍。爸，你们单位有扫描仪，能不能帮我把这些折好的内容扫描下来？"

老爸看看那本书，说："既然是借同学的，要扫描，首先要得到那同学的同意，人家同意吗？"

"嗯……"

"别人不知情的情况下，复制别人的信息，不但不礼貌，也犯纪律知道吗？"

"同学嘛，没关系的。"

"那你给同学打个电话，看人家同意不同意。"

这个电话能打吗？老爸也真是，哪来这么多事？拿到单位去三两下扫描完不就完了？我看老爸不同意，就把自己真正的意图给他讲了。老爸听明白之后，也没有丢下个子丑寅卯，就不声不响地去找来两支蜡烛，然后回到我房间，啪地把灯一关，房间里一片黑暗！我不知老爸要干什么，大喊：“爸，你干什么？我正忙到节骨眼上！开灯！”

老爸也不理我，摸出打火机，啪，点上一支蜡烛——房间里立即一片红光。

我更是一头雾水：“干吗要点蜡烛？不是有电吗？哎呀爸！别开玩笑了，我有急事！开灯！”

老爸终于开口了：“别急虞清江，听着，这支发光的蜡烛暂且把它比作一个优秀的人。”接着，老爸又点亮了另一支蜡烛，问我，“虞清江你看，现在房间里是更暗了，还是更亮了？”

我莫名其妙：“这还用说？当然更亮了。”

“这两支发光的蜡烛，就好比你们两个优秀的同学，你跟石东山在一起，只会相互辉映，更加光亮。”老爸摸了摸我的脑袋，“记住，孩子，光芒不会影响光芒，它们只会相互包容。”

我一下明白了老爸的意思，立即发觉到自己这是在干什么？手也不再往下翻那本复习册，回头一页一页慢慢地放开那些折起的页码。

老爸走出房间，说：“饭凉了，我再给你热一下吧，虞清江？”

“不用。我要出去一下。”

“出去？去哪？都几点了？”

“去同学家。”

“哪个同学家？什么事这么急？”

“石东山家。”

老爸停了一会儿，说：“等等，我开车送你。”

校园风铃声

Q 问题急助

月儿姐姐，我是个初中二年级的男孩，最近迷上了网络游戏，成绩下滑得很严重。虽然我每次打完游戏都很后悔，但每次又都控制不了自己，我该怎么办呢？（钢铁侠）

月儿姐姐

钢铁侠有钢铁一般的毅力，不被网络游戏所迷惑也需要钢铁一般毅力。所以，你要下定决心才行，如果实在控制不了，那在上网之前先给自己预定个时间，时间一到，就马上关掉游戏。慢慢来，相信你一定能控制住自己的。

Q 问题急助

月儿姐姐，我的学习成绩不错，老师还任命我为班长。新官上任，我想带领同学们一起搞好班级里的各项活动，可是每次分派任务，都有一些同学不合作，这让我非常苦恼。月儿姐姐，我该怎么办？（帅气模范生）

月儿姐姐

班长是一班之长，你想带领大家一起做好班级里的各项事务是值得肯定的，但同学间相互合作，是一个长期磨合的事情，不能着急。虚心征球同学们的意见，慢慢总结做班长的经验，只要你一心一意地为大家服务，相信同学和老师都会支持你的。

Q 问题急助

我学习成绩一直不错，经常进年级前三名。我觉得男孩子就该有拼搏精神，所以我很努力也很自信，不过我觉得班里的同学太不求上进，所以我不喜欢跟他们混在一起。但老师却批评我有骄傲情绪，难道自信又努力有错吗？（张子墨）

月儿姐姐

张子墨同学，你的努力上进确实是值得表扬的，但每个人都不是完美的，每个人优秀的地方也是不一样的，如果只用一个方面或者一种标准去衡量所有人，这个世界也就没有这么精彩了，你说是不是？

Q 问题急助

我们班有个同学让我特别佩服，每次班级搞活动，他都能想出很多新颖独特的点子。老师和班长有事都喜欢找他帮忙，其他同学也都可喜欢他了。我非常羡慕，我要怎么做也能成为像他一样受欢迎的人呢？（林风）

月儿姐姐

林风同学，想成为一个受欢迎的人不难。你说的这位同学，他之所以那么受欢迎，是因为他总在热心地帮助大家。只要你也能更多地关心家人和朋友，在他们遇到困难时，帮大家一起想主意，开动脑筋积极应对，你也会被大家信赖和喜欢的。

风筝

刘 巍

天上那只色彩斑斓的风筝拖着长长的尾巴，牵着快快乐乐的堂堂，扮着鬼脸儿，飞向高高的天空。它要把堂堂和风筝的事情告诉天上的云，让云再传达给你。

1

春天，放学归来的孩子们早早就忙活起来，聚集到村口跳橡皮筋、丢沙包、跳房子……

一天，一辆载满了燕子风筝的自行车经过村前，堂堂和小伙伴们一齐雀跃着围了上去。细竹篾箍成的骨架，透明塑料布蒙面，上面用五颜六色的颜料绘了燕子的鬼脸和翅膀，神气极了，也漂亮极了！

堂堂忍不住和卖风筝的叔叔搭话：“叔叔，风筝真好看，多少钱一只？”卖风筝的叔叔眯着眼睛，里面充满了神气，大声说：“三元钱。”小伙伴们都咂咂舌，一哄而散了。

山里的孩子零花钱都很少，他们没有钱买玩具和喜爱的书籍，仅有的几毛钱不是贪嘴买吃的，就是舍不得花。他们喜欢一角一角地从荷包里抠出来用，三元钱，对于一群花两毛钱吃到一颗带红枣的冰棍就知足了的孩子而言，无疑是天价！

那辆自行车很快载着五彩斑斓的风筝，绕着村子转了出去。从那天起，堂堂每天放学后都希望能再看到自行车后座上那些让人羡慕的“色彩”。

2

晚上，堂堂梦见了从集市上回来的奶奶给自己带回来许多漂亮的风筝。他紧紧地握着风筝线，跑哇，跑哇，一溜烟儿就到家了。

突然，堂堂手里的风筝落到了树枝上，线断了，风筝也破了，堂堂伤心地哭了。奶奶把他叫醒的时候，他嘴里还不住地念叨着："我的风筝，我的风筝……"

堂堂曾经跟奶奶提起过想要一只风筝。奶奶说三元钱需要卖掉家里的十几个鸡蛋，鸡蛋是用来换油盐酱醋的。堂堂是个懂事的孩子，从此再也没有在奶奶面前提起过风筝。

眼看着春天一晃就要过去了，堂堂心里仍旧挂念着那些五颜六色的风筝。堂堂很聪明，对照着书上的画片，拿着篾刀把做篱笆的木槿砍了劈成两片。先架一个大"十"字，然后用短节的补了边，用奶奶缝鞋面的棉线捆牢固，自己调糨糊，把裁剪好的报纸糊上去，最后还不忘粘上彩条做尾巴。终于，堂堂那怪模怪样的风筝，经过数次栽倒后从地面飞了起来。他很炫耀地在晒场上来回跑，一直跑到晚风将报纸吹破，线扯断，风筝散了架。

3

自己挣钱给自己买一只漂亮的风筝。堂堂做出这个大胆的决定后，就开始了他的挣钱计划。

去山里挖药？山里都是悬崖峭壁，爷爷奶奶根本不会同意。趁河里涨水，在大石板下设套子抓鱼提到镇上去卖？正在堂堂冥思苦想挣钱的门路时，一位挎着大蛇皮口袋的老爷爷进村了。"补锅喽，收杂货废品喽……"

"孩子们，谁家有锅碗瓢盆破了，就叫家人拿来补补。有不用的废品也可以拿来换钱，买糖吃。”老爷爷满脸慈祥地说。

“什么废品可以卖钱呀？”堂堂忍不住问。“你们的废旧作业本、牙膏皮、废金属……都能换钱。”孩子们一哄而散。

没多会儿，老爷爷的面前就堆满了废品。明明的几本用完的作业本，亮亮的一个废旧的塑料小桶，前前的一个用破的搪瓷盆……老爷爷脸上乐开了花。

“你三毛。”

“你两毛。”

“……”

堂堂从老爷爷那得到的钱最多。当他接过五毛钱的时候，就像从老师手里接过奖状一样激动。堂堂把五张一毛的纸币数了一遍又一遍，然后放在了自己贴身的小荷包里。

4

“一毛、两毛……两元一、两元二。”堂堂数得很仔细。还差八毛钱就能拥有一只漂亮的大风筝了。

做完作业，堂堂打开电视，电视里正在播报新闻。“由于社会各界的爱心援助，××地震灾区的孤儿已得到妥善安置。”主持人字正腔圆念到“孤儿”两个字时，堂堂纳闷了。

“爷爷，啥叫‘孤儿’？”

爷爷和奶奶同时放下手中的活儿，显得紧张起来，一起走过来问堂堂：“你问这个做什么？”

堂堂看着脸色紧张的爷爷和奶奶说：“电视上说‘××灾区孤儿已得到妥善安置’。”

爷爷抚摸着堂堂的头疼惜地说：“孤儿就是没有爸爸妈妈，没有亲人的孩子。”

没有爸爸妈妈的孩子一定很可怜，我把自己存的钱捐给那些没有爸爸妈妈的孩子，让他们去买糖吃，也许他们就不那么想爸爸妈妈了。但是，如果那样的话，那买风筝的计划就泡汤了。堂堂犹豫着。

堂堂还是忍不住把自己的想法告诉了奶奶。“奶奶，我想把自己存的两块两毛钱捐给灾区的那些孤儿。”“你哪儿来的钱？”奶奶警觉起来。“是我卖废品攒下的，准备给自己买风筝。”堂堂小声地说。

第二天，堂堂把钱交给了老师，让老师去镇上的时候，到邮局帮他把钱捐给灾区的孤儿。老师抚摸着堂堂的头，眼里噙满了泪水。

放学回家，堂堂却得到了他梦寐以求的风筝。那是奶奶起了个早，走了十几里山路，将家里的几棵白菜在集市上卖了钱，给堂堂买的。小短裤样儿的，上面印着孙悟空，手拿金箍棒，脚踏筋斗云，尾巴上还有长长的飘带，就挂在堂屋扁担旁的钉子上。堂堂小心地将风筝摘了下来，擎着线轱辘，欢快地跑着，将线放了个尽。

5

又是一年花开得正艳的时候，堂堂考上了镇上的重点中学。

不管身处哪里，堂堂心里总会飘动着一只漂亮的风筝。也许是习惯，也许是一种怀念。从那以后，每年春天他都会买一个最便宜的、小短裤样儿的风筝。春天过去了，就挂在堂屋的钉子上；春天再来时，去年的风筝依然在那里，虽然破旧，但是带着每一年春天的记忆。

春天还是如期而至，奶奶却不在了。堂堂早已知道了自己的身世，他也是个孤儿，是爷爷和奶奶从路边把他捡回家，抚养他长大的。

奶奶走了，和那只五彩的风筝一起飘逝在白云深处。清亮的天空里，一大朵一大朵的云用温暖的眼光俯瞰着他。

购买友情的男孩

毛小懋

每个人都需要朋友，那我们又如何来获得友情呢？能像买衣服、买零食、买玩具那样，用钱购买吗？

在鱼西村的所有男孩当中，杨光泰一直都是人缘最好的。

也难怪，杨光泰不但长得高，力气大，而且单车骑得最快，柳哨吹得最响，最关键的是，他说话总有一种刻薄的幽默感。

比如，鱼南村有一群男孩，他们的首领是一个胖子。男孩们只要集结成群，就喜欢打群架，所以两个村庄战争不断。打架前，鱼西村的男孩们齐声高喊："鱼南村，破破屋，屋里养着一头猪！"这时候，杨光泰会不紧不慢地说："你们太坏了，怎么能叫人家猪呢？猪是我们人类的好朋友，请不要侮辱它。"战斗便一触即发。

比如，鱼化寨小学有几个家里很穷的男孩，穿的衣服破破烂烂。杨光泰每次从校园里穿过，看见他们，总会笑着指指点点："那些穷光蛋，如果扔给他们一只破碗，不用化妆，直接就可以去路口讨饭。"跟在他身边的男孩们就哈哈大笑。

比如，礼拜五的早晨，班里新来了一个转学生，个子矮小，怀里抱着一个大大的书包。杨光泰笑嘻嘻地说："瞧那个小子，个头儿还没粪球高呢，就像屎壳郎一样抱着书包到处跑。"周围的男孩立刻笑得浑身发抖。

杨光泰的话传到了转学生的耳朵里，他慌忙低下头，默默地在第一排的墙角坐了下来。

那个转学生叫陶明哲，是全班最沉默寡言的男孩，他看上去有点傻，所以没有任何朋友。不管走到哪里，他都是孤零零的一个人，拖着一条孤零零的影子。

杨光泰却是全校男生当中的热门人物。不管走到哪里，他的身边都围着一群嘻嘻哈哈的朋友。在餐厅里，杨光泰坐在朋友们中间狼吞虎咽；在商店里，杨光泰挑的零食朋友们抢着替他付钱；就连在厕所里，都有一群朋友跟杨光泰蹲成一条线……

所以，杨光泰和陶明哲是两个毫无交集的男孩，他俩就像处在两个不同宇宙里的人。但是，忽然有一天，两个男孩相遇了。

这天，在放学回家的路上，杨光泰居然站在对面主动地向陶明哲打招呼："喂，小子！"

低头走路的陶明哲猛地站住了，他不敢相信自己的耳朵："你……你是在叫我吗？"

"废话！"杨光泰说，"现在路上就咱两个人，我不叫你难道叫鬼吗？"

陶明哲有些激动，他犹豫片刻，朝杨光泰走近几步，仰着头问："你叫我有什么事吗？"

杨光泰毫不客气地把胳膊搭在陶明哲的肩膀上，嘴巴贴近他的耳朵，低声说："我观察你很久了。我发现，你就像一只可怜兮兮的野猫，整天独来独往。你听说过一句话吗？'孤独的人是可耻的'，所以，你很可耻！"

陶明哲受宠若惊，因为杨光泰居然把胳膊搭在了他的肩膀上。但是，杨光泰说的话却像一盆冷水，朝他兜头浇了下来。陶明哲打个冷战，心虚地问："那怎么办？"

"很简单，你需要朋友！"杨光泰拍拍自己的胸脯，"尤其需要像我这样的朋友！"

陶明哲低着头说："你说得很对，可是……"

"没有什么可是！"杨光泰截住他的话头，"我也不跟你拐弯抹角了，我只想问你一句话，你想让我做你的朋友吗？"

"想，当然想！"陶明哲急切地抬起头，满脸都是兴奋的神色。

"很好！"杨光泰满意地点点头，"这样吧，如果你给我六百块钱，我就当你的终生朋友。"

陶明哲瞪大眼睛："六……六百块钱？"

"其实，我的原价是一千块，但我非常欣赏你，所以给你的是六折的友情价。"

"可是……"

"没有什么可是！"杨光泰斩钉截铁地说，"只要你掏钱，我就不再让你孤单！从此以后，我会在众人面前跟你勾肩搭背，跟你聊天，给足你面子，让大家都知道你是我最好的朋友。你的校园生活会发生翻天覆地的大变化，你的人生将从此改写！"杨光泰的唾沫星子喷满了陶明哲的脑袋。

"可是，我没有那么多钱……"陶明哲脑子有点晕。

"那你有多少钱？"

陶明哲把钱包掏出来，仔细数了一遍："只有八十六块五毛……"

"这样吧，你先把八十六块五毛给我，算是首付。以后每个礼拜，你都要再给我十块钱，或者每个月给我四十块钱，算是月付。只要你持之以恒地付下去，小学毕业的时候，我就是你的终生朋友了。"

“可是……”

“我说了，没有什么可是！”杨光泰夺过陶明哲手里的钱，“就这样吧！现在我宣布，从今天起，你陶明哲就是我杨光泰的朋友了！希望你能按时交钱！你要知道，交钱就像浇水，只有不停地浇下去，我们的友谊之花才会开得灿烂。”

说完，杨光泰拍拍陶明哲呆呆的脑袋，迈着大步离开了。

从此，陶明哲不再吃早餐，省出钱来，每个礼拜交给杨光泰。

杨光泰确实很守信用，每次在校园里呼朋引伴，都不会漏掉陶明哲。因为杨光泰的力荐，陶明哲的朋友也渐渐多起来，他再也不用担心自己孤单了。

真值！陶明哲非常高兴，每个礼拜的钱也交得更起劲儿了。

可惜世事难料，月底的时候，陶明哲和杨光泰的友情出意外了。

月底，班里来了一个新的转学生，名叫骆家骏。骆家骏长得不比陶明哲高多少，而且相貌古怪。糟糕的是，班主任把他安排到了陶明哲的后面。更糟糕的是，骆家骏当天就把教室里的大玻璃打碎了，必须赔偿。最糟糕的是，骆家骏不敢跟家里伸手要钱，只能在班里借。课间操的时候，他敲了敲陶明哲的肩膀。

“陶明哲，你能借我十块钱吗？”骆家骏问，声音低低的。

陶明哲有点郁闷，因为他确实有十元钱。不过，那是要交给杨光泰的。

“我……我没有那么多钱。”陶明哲只能撒谎。

“可是，我看见你的桌洞里明明有十块钱的呀……”骆家骏的眼睛还真尖。

可是？没有什么可是！陶明哲很想学着杨光泰的口气，反击骆家骏一句，可是他犹豫了。因为忽然间，陶明哲觉得孤单无助的骆家骏就像当初的自己。

“借给我吧，”骆家骏的声音更低了，“如果我现在不赔钱，老师就会打电话给我爸爸。我爸爸知道了，肯定会打死我的……”

陶明哲犹豫了很久，终于把钱掏出来，递给了骆家骏。

礼拜五的下午，陶明哲见到杨光泰的时候两手空空。杨光泰勃然大怒，在校园里的林荫道上指着陶明哲的脑袋吼道：“陶明哲，不讲信用的家伙，我算是看透你了！从今天起，咱俩恩断义绝！”

杨光泰当场撕破脸皮，陶明哲的朋友们也跟着一哄而散。一眨眼，陶明哲的身边就冷清起来，就像杨光泰来向他兜售友谊之前那样，他重新变回了当初那个孤零零的陶明哲。

都怪骆家骏！陶明哲垂头丧气地想。

“嗨，陶明哲！”真是说曹操曹操就到，骆家骏就像听见了召唤一样，突然从陶明哲身后跳出来，“怎么还不走？在等人吗？”

陶明哲呆呆地看着骆家骏，不知道该说什么。

骆家骏掏出一颗泡泡糖：“我叔叔昨天给了我两颗泡泡糖，我给你留了一颗！”

陶明哲刚刚接过泡泡糖，骆家骏就说：“别等了，学校里已经没人了，走吧！”趁机拉起他的手，飞快地朝校门口跑去。

真是世事难料。因为十块钱，陶明哲失去了杨光泰那个朋友，却得到了骆家骏这个朋友。

从此，陶明哲和骆家骏两个矮个子男孩整天凑在一起。杨光泰看见他们，总会刻薄地说："哈哈！两个小不点，就像两颗臭烘烘的羊粪蛋，终于粘在一块了！"

一个礼拜过去了，骆家骏拿给陶明哲十元钱："给你钱！"

陶明哲非常意外："给我钱干什么？"

"欠债还钱，上个礼拜我不是向你借了十块钱吗？"

"啊？那钱不是购买……友情的吗？"陶明哲确实有点傻，脑子一根筋。

骆家骏很奇怪，陶明哲就讲起了他和杨光泰的那桩交易。骆家骏叹道："杨光泰太过分了！"他把那十元钱塞到陶明哲手里，认真地说，"我的友情不出售。"

顿了顿，骆家骏郑重其事地补充了一句："真正的友情都不出售，因为，友情是无价的。"

陶明哲点点头，但怎么也不肯收那十元钱。骆家骏说："那好吧，我帮你处理它。"

过了几天，班里的一个男孩感冒了，急需钱去医务室看病，骆家骏就以陶明哲的名义把那十块钱借给了他。病愈以后，男孩就跟骆家骏和陶明哲成了好朋友。后来，那个男孩继续以陶明哲的名义把钱借给另外需要钱的人，另外的人再继续借下去……

就是这么神奇，那十元钱成了传递友情的使者，让陶明哲的朋友圈子不断扩大。渐渐地，班里的大部分同学都跟陶明哲成了朋友，当然，除了杨光泰和他的几个死党。

班里的气氛越来越活跃，不管是谁，有什么东西都会拿出来共享。比如，今天早晨大家分享的就是陶明哲带来的一盒巧克力。杨光泰和他的死党只能聚在一起，眼馋地看着。

杨光泰终于忍不住了，咂咂嘴说：“来，凑钱凑钱，咱也去买好吃的，馋死他们！”

几个男孩纷纷掏钱，凑在一起。杨光泰拿着钱，急急忙忙跑到楼下去买零食。

教室里安静了。忽然，杨光泰死党里的一个男孩低声嘟囔道：“每次都是我们出钱，他自己啥也不出……”他说的显然是杨光泰。

“就是，”另一个男孩点头同意，“说实在的，他太抠门了。”

“唉，我每个礼拜给他交钱，真不知道他把钱都咋花了……”另一个男孩说着，忽然意识到自己失言了，急忙捂住嘴巴，尴尬地看着周围的几个男孩。

杨光泰的死党们面面相觑，终于憋不住异口同声地问：“你们也给他交钱？”

真相大白！原来，杨光泰不单单向陶明哲收费，他身边的所有朋友，都定期向他交钱。只不过大家都觉得，购买友情实在不够光明正大，所以谁也不提，结果就一直瞒到现在。

当杨光泰拎着零食走进教室的时候，每一道投向他的目光里都充满着鄙夷。

第二天，杨光泰的名声就臭遍了大街，所有的朋友都离他而去。这个把友情当成商品到处出售的人，最后自己成了孤家寡人。

果然世事难料。故事发展到现在，杨光泰和陶明哲居然互换了位置。傻乎乎的陶明哲成了所有男孩当中人缘最好的人，而曾经魅力十足的杨光泰却成了孤零零的一个人，不管走到哪里，都拖着一条孤零零的影子。

但是忽然有一天，在放学回家的路上，两个男孩再次相遇了。

仍然是杨光泰主动向陶明哲打招呼："陶明哲！"

陶明哲站住了，疑惑地看着杨光泰："你叫我有什么事吗？"

"我想问一下……"杨光泰欲言又止，"你能做我的朋友吗？"说完，他急忙补充道，"我可以先给你一笔钱，算是首付，然后每个礼拜，我再给你十块钱，或者每个月给你四十块钱，算是月付。我可以一直付到小学毕业，只要……只要你把我当成你的终生朋友！"

陶明哲哭笑不得，只好引用骆家骏的话："不好意思，我的友情不出售。"

"要不，你帮我介绍个朋友也行，比如你的好朋友骆家骏。只要你能让我和他成为朋友，我愿意给你付中介费。一个朋友一百块，你看怎么样？"

看来，杨光泰的名声确实已经臭透了，再也没有人愿意跟他交朋友了。没有朋友的日子很难熬，陶明哲是杨光泰能抓住的最后一根救命稻草。

陶明哲叹了口气，踮起脚来，拍拍杨光泰的肩膀，装出语重心长的语气说："杨光泰，你要记住，交朋友不能用钱，要用心。"

"可是，我的钱已经掏出来了……"杨光泰呆呆的模样很像当初的陶明哲。

"会有人需要你的钱的。你用钱去帮助那些需要帮助的人，他们就会把你当朋友。"

陶明哲迈着大步走远了。杨光泰站在马路中间，茫然地捏着鼓囊囊的钱包不知何去何从。

你了解自己的学习方式吗？如果要记忆一些东西，你是偏重于用耳朵听还是用眼睛看呢？让我们通过下面的题目测试一下吧！

（第1、2、5、6、7选“是”计0分，选“否”计10分；第3、4、8选“是”计10分，选“否”计0分。分数相加即为总分。）

1. 你觉得出声朗读比不出声朗读更容易记住吗？（　）
2. 一听收音机或录音机，在你眼前就会浮现出形象的画面吗？（　）
3. 学习时，你一看图解和表格，就能很容易记住吗？（　）
4. 你认为看课本和参考书比听别人讲解更容易理解吗？（　）
5. 你对自己的英语听力很满意吗？（　）
6. 你在记歌词时，是否听唱片比看文字更容易记住？（　）
7. 你是否感到会读的字或单词比不会读的更容易记住？（　）
8. 你习惯自己看课外书，而不是听别人给你讲课外知识吗？（　）

结果分析，看看自己的得分吧：

★★★★★ 60～80分　你的记忆型学习方式是视觉型，看过的东西比听过的东西较容易记住。

★★★★★ 30～50分　你的记忆型学习方式介于听觉型和视觉型之间。

★★★★★ 0～20分　你的记忆型学习方式是听觉型，听到的东西比看到的更容易记住。

稿纸上的猫

毛小懋

一个爱读童话的小男孩儿，带着他的老猫，在现实中给一位童话作家带来了一个童话般的经历。

我把装满稿纸的木箱搁在书桌上，开始打量这个简陋的小阁楼。

一张竹椅，一盏电灯，一扇朝向大海的窗户，清晨还会有半间屋子的阳光。简单而安静，我十分满意。我相信十天以后，我的第二部长篇童话就会在这间阁楼里诞生。

房东姓米，长着一张山东大汉的粗犷脸庞，说话的时候喜欢不停地掐着下巴上的胡须。他说："你叫我老米吧。"老米的身后站着一个手脚细长的小男孩，头发蓬乱的像一团毛茸茸的蒲公英，眼睛紧紧地盯着我的手提箱。小男孩的脚边，蹲着一只黄色斑纹的老猫。

"吱嘎——"我刚刚在阁楼里坐下，木门就被推开了，钻进来一颗毛茸茸的小脑袋。这个小男孩看着我把一摞摞书和稿纸摆在桌子上，忽然大声说："你是作家吗？"停顿了一下，他连忙又补充了两个字，"请问。"

我笑着说："你怎么知道我是作家？"

小男孩说："刚才你跟我爸爸说话，说要找一间安静的房子写作。你是什么作家？你是童话作家吗？"

我愣了愣，点点头："算是吧。"

小男孩看上去很激动："你写过什么童话？你知道吗，我看过很多很多童话，格林童话、安徒生童话、长袜子皮皮鲁，哦，皮皮，鲁西西、马小跳、大林和小林……"小男孩扳着手指滔滔不绝地数了起来，他脚边的那只老猫不耐烦地"喵"了一声。

"这些童话里面，有你写的吗？"小男孩充满期待地望着我。

我忽然觉得很羞愧，嗫嚅着说："这些都是名作，我写的其实……跟他们的不太一样。"我的口气像是一个冒牌的童话作家在拼命狡辩。

男孩"哦"了一声，有些失望，低头想了想，接着又好奇地问："你现在要写什么？"

说实话，我也不知道我要写什么，我只是觉得应该写一部很长的童话。就在我迟疑的时候，楼下传来了房东太太的吼声："小扬，下来，别打扰客人。"小男孩吐了吐舌头，扭头冲下了楼梯。那只老黄猫眼中蓝光一闪，也跟着蹿下了楼。

下午，我把整个故事的构思写在了稿纸上，然后伸伸懒腰，锁上门下楼去了。我一直有跑步的习惯，现在靠近海边，傍晚踩着沙滩，吹着海风一溜小跑，确实非常舒爽。

跑步回来，天已经黑了。我打开门，按亮了电灯。忽然，一道黄光从我的书桌上掠起，朝打开的窗户飞一般地冲了过去。我吓了一跳，差点以为是我书稿中的人物复活了。等那道黄光在窗台上停住了，我才看清楚，原来是小男孩养的那只猫。

老猫幽蓝的眸子意味深长地回望了我一眼，轻轻"喵"了一声，纵身跳下了阁楼。

借着橘黄色的灯光，我看见桌子上一片凌乱，不禁皱了皱眉头，走过去把稿纸收齐了，刚想放进抽屉，突然，我惊呼了一声：“咦？”

我的稿纸上面被脏兮兮的老黄猫踩出了很多梅花一样的脚印。在脚印的下面，在我今天下午写的故事提纲的旁边，竟然出现了很多批注：“他是孤儿！”“他的班主任从来不会笑！”“你应该把他的同桌当成女主角来写！”“很有想象力！”“卖草莓的大婶一定是幕后黑手！”“这种事马小跳已经做过了！”……

每一个字都写得工工整整，每一种想法都饶有趣味，每一句批注都用感叹号结尾，我能够想象得出他郑重其事的样子。但是，他是谁呢？我的心中充满了好奇。

第二天早晨，我找到了房东的儿子，劈头就问：“昨天下午是不是你在我的稿纸上写字了？”其实我很喜欢那些批注里的想法，但是很奇怪，我的语气严厉得像是在审问凶手。

小男孩瞪着大眼睛说：“写字？我在你的稿纸上写字干什么？你可别冤枉好人！”

“你真的没写？”我很疑惑，“可是，我的稿纸上出现了很多批语……”

小男孩一下子跳了起来：“批语？天哪，昨天是不是我的猫闯进你的房间里了？”

我说：“是啊。昨天晚上我刚推开门，就看见你的猫从我的桌子上蹿上了窗台，它还在我的稿纸上踩满了脚印。”

“哇！你稿纸上的字一定是它写的！”小男孩尖叫。

“你有没有搞错？它是一只猫，怎么可能会写字？你看见它用哪只爪子拿笔？”

小男孩神秘兮兮地说：“说了你可能不信，那只猫叫老皮，是一只非常灵异的猫！有一天，我回家晚了，来不及写作业了，就把作业本扔在了桌子上。第二天拿起一看，你猜怎么着？我的作业已经写完了！我非常奇怪，很想知道是谁给我写的。过了几天，我故意不写作业，早早地爬上床睡觉去了，但是我的眼睛偷偷睁开了一条缝。到了半夜，我看见老皮悄悄地从窗户钻了进来，跳上桌子，用尾巴卷着铅笔，在我的作业本上写了起来。我要花一个小时才能写完的作业，它十分钟就搞定了，啧啧，真厉害！”

我将信将疑：“你瞎编的吧？世上哪有会用尾巴写作业的猫？”

“你爱信不信，反正老皮会。而且，因为它经常帮我写作业，它的笔迹已经练得跟我的一模一样了！”小男孩眨着眼睛，迎着我质疑的目光，接着说，“你真的不信？”

“不信！”我坚定地摇了摇头。

小男孩遗憾地说：“唉！我猜，你一定不是一个好的童话作家。”

我一愣，忙问：“为什么？”

“因为，”小男孩一本正经地说，“你自己都不相信童话，怎么可能写出好的童话呢？难怪你写不出《长袜子皮皮鲁》，哦，皮皮，还有《淘气包马小跳》！”说着，他拿起书包，往背上一搭，“我要上学去了。晚上见，童话作家！”

小男孩一蹦一跳地跑远了。我站在院子里，心中充满了羞愧，这个有一只神奇的猫的小男孩第二次让我感到了羞愧。

我开始写那部长篇童话了。不知道为什么，我写来写去，一直找不着感觉。但是当我在不经意间，把那只老猫留下的几个想法写进去的时候，这个童话像是穿上了溜冰鞋，忽然变得流畅起来。难道，它真的是一只灵异的猫？

写完了第一章，我下楼沿着海岸线跑步，顺便去鱼市买了一尾鱼，带回来喂那只神奇的老猫。

小男孩坐在门槛上，一边看老猫吃鱼一边说：“真瞧不出，你还是一个知恩图报的人。”

我笑着说：“你瞧不出的事多着呢。”

他朝我住的阁楼看了看：“你的童话写完了吗？”

“早着呢，我才刚刚开了头，后面还有很长的故事要写。”

“能给我看看吗？我也可以给你提提意见。”这时候我才发现，小男孩的眼睛很亮，像海边傍晚的星星一样。

“不给！”我故意跟他赌气，“反正我又不是好的童话作家。”

“小气鬼！”小男孩撇撇嘴，甩着手进了屋子。

我的童话像一条崭新的帆船，一路顺风顺水，只用七天的时间就在稿纸上航行了五万多字。第七天傍晚，我挥着汗水跑步回来，发现稿纸上又出现了一些字迹工整的批语：“陈圆满这个人物写得真棒！”“你把游泳写得一塌糊涂，你肯定不会游泳！”“他是一个笨蛋，捡了钥匙不能还的！”……

我急忙跑下楼，去跟小男孩商量：“你的神奇的猫老皮又给我写批语了。”

“哦？”小男孩惊奇的表情有点夸张，“它怎么写的？”

“它说，我不能让我的男主角把钥匙还给失主，为什么不能还呢？他可是一个拾金不昧、助人为乐的好孩子。”

小男孩冷笑一声：“我猜你肯定没捡过钥匙！”

“钥匙我确实没捡过，但是我捡过钱包，捡过手机，还在火车站捡过找不着妈妈的孩子。”

“嘁！”小男孩的表情充满了轻蔑，“你根本就不懂，钥匙跟钱包可不一样！钥匙是不能经过外人之手的。你是外人，你捡了钥匙还给人家，人家不仅不领你的情，还会怀疑你。”他的声音低了下来，“去年我捡过一把钥匙，是朱大伯家的。我把钥匙还给了他，他不但不谢我，脸上的表情还怪怪的。第二天我从村口走过，看见朱大伯家换了一把新锁。”

我吃了一惊，不知道该说什么。但是小男孩的心情变得很快，刚刚讲完，他脸上的沮丧就一扫而光，得意地说：“怎么样？我提的意见不错吧？知恩图报的人，你怎么谢我？”

我说：“哦！原来真的是你写的！哈哈，现在你承认了吧？”

小男孩的脸竟然透出了一抹羞红：“不是我写的，是老皮写的！我只是帮它给你解释一下。”

不过我确实是一个知恩图报的人，当天晚上，我带着小男孩去栈桥旁边吃烧烤。最后，他和他的老皮撑得连路都走不动了。

后来的一天傍晚，我在海边跑步的时候，忽然想一探究竟，于是中途折回，爬上了阁楼，透过门缝往里看。只见小男孩坐在我的书桌前写着什么，从后面看，他的肩膀真是瘦得楚楚可怜。桌子旁边，那只黄色斑纹的老猫在走来走去。后来小男孩站起来，把稿纸弄得乱纷纷的，然后翻上窗台，无声地溜了下去，轻巧得像一只猴子。老猫也跟着纵上桌子，在稿纸上熟练地踩了几脚，越窗而去。

我微微一笑，并不揭破。我继续参考着小男孩的批语，把那部童话慢慢地写了下去。半个月后终于写完了，我把厚厚的稿子拿给小男孩看。他飞快地翻看了一遍，眼睛亮亮地说：“我觉得，你现在也算得上是一个好的童话作家了。”

我非常高兴：“谢谢你，还有你的猫。”小男孩嘻嘻一笑。

“对了，你叫什么名字？”

“我姓米，叫小扬。”

“嗯，米小扬，很不错的名字，比马小跳好听。我准备把你的名字写在我的名字后面，你算是我的联合作者。”

米小扬大吃一惊：“联合作者？我连你稿子里的字都还认不全呢。”

“但是，你确实帮了我非常大的忙，这部童话里的很多情节其实都是你构思的。”

米小扬的目光有点羞怯，他避开了我的眼睛，想了想，说：“反正我不当你的联合作者。要不这样吧，你把书里的主人公的名字换一下，就当是对我知恩图报，因为我觉得罗小划这个名字不太好听。”

我点点头：“换成什么名字呢？”

小男孩狡猾地一笑：“换成米小扬！你刚才不是说了吗？我的名字比马小跳还要好听。”

我大笑起来：“行！希望米小扬能成为第二个马小跳。”

“不，米小扬一定会超过马小跳，我相信你有这个实力！”米小扬认真地说。

后来，那部童话出版了。我给米小扬写了一封信，连同两本签名书一起寄给了他。

米小扬回信说，其实他已经用零花钱在县城的书店里买了两本。售货员问，你买两本是要送人吗？他笑着说，是的。售货员接着问，送给谁？他的声音有点激动，说，送给我自己。

收集秘密的男孩

毛小懋

有一个愿望可能曾伴随每个人的童年，那就是长大。如何才能长大呢？个子长高了是不是就算长大了呢？

穿开裆裤的时候，许声声最崇拜的就是隔壁的陈永恒。他简直是一个巨人。春天，女孩们在院子里放风筝，风筝挂在了树上，陈永恒连脚都不用踮，一抬手，就把风筝摘下来了。

带着满心的羡慕，许声声拽着陈永恒的裤腿，仰着圆圆的小脸问："陈家哥哥，我什么时候也能长得像你这么高呢？"

"别着急！"陈永恒声音洪亮，"等你长大了，肯定能长得跟我一样高！"

许声声急急忙忙跑回家，摇醒睡午觉的奶奶："奶奶，我什么时候才能长大？"

"你已经长大了嘛……"奶奶睡眼蒙眬，打着呵欠。

许声声叫道："可是，我想长得像隔壁的陈家哥哥那么高！"

奶奶抬起眼皮，笑了："陈家哥哥年纪比你大，心里装的事比你多，你要赶上他，再等几年吧。"

"再等几年？"许声声追问。

奶奶知道许声声没有耐心，不想告诉他再等十年，就说："等你心里装的事也像陈家哥哥那么多的时候，你就赶上他了。"

许声声自言自语道："心里装的事，就是……秘密吗？"

"秘密？哦，是的，就是秘密。"奶奶打量着旁边的书架，恰巧看见那本《一千零一夜》，于是微笑着补充道，"等你的心里攒够一千零一个秘密，你就赶上陈家哥哥了，就能长得像他那么高了。"

许声声开始积攒秘密了。

大清早，许声声在桌沿上磕开了一枚熟鸡蛋。"咦，这个鸡蛋有两个……"许声声突然捂住自己的嘴巴，抬头瞧着妈妈。

"怎么了？"妈妈皱着眉头问。

许声声连忙摇头："没什么，没什么。"把咬开的鸡蛋偷偷塞进了衣兜里。

就这样，许声声有了第一个秘密，这个秘密是一枚双黄蛋。

"奶奶，我有秘密了！你说，我该把这个秘密藏在什么地方呢？"

"秘密嘛，就应该藏在心里，如果不深深地藏在心里，还算什么秘密呢？"

许声声觉得奶奶说得不错。不过，他还是有点儿不放心。他想，我的志向是积攒一千零一个秘密，如果把秘密放在心里，以后秘密越攒越多，我的心里岂不是一团糟？心里太乱了，这些秘密说不定就会被我忘掉了，那可就糟透了。

怎么办？许声声当然有办法，他掏出一个笔记本，但是刚记了两笔，他就停住了。不行，如果笔记本丢了，我的秘密就会被全世界的人知道了。全世界的人都知道了，还算什么秘密？要记，就一定要记在最隐蔽的地方。

许声声找遍全家，终于找到了一个满意的地方。他爬进床底，把地板砖翻开一块，在砖的背面记下了这个秘密。但是他仍嫌不够安全，所以记得非常简单，只有两个字：鸡蛋。

从此，许声声眼中的世界充满了秘密。渐渐地，他拥有了蚂蚁搬家的秘密、肥皂泡泡飞舞的秘密、陈家哥哥的厨房里墙皮脱落的秘密、深夜两点钟的虫声唧唧的秘密、长在拇指背面的伤疤的秘密……

寻找秘密可是一个辛苦的工作。每天，许声声都像一只偷鸡的瘦狐狸，走路蹑手蹑脚地，眼睛到处瞅着，神经绷得紧紧的，不肯放过任何一个秘密的蛛丝马迹。半个月下来，许声声差点累弯了腰。

有没有更容易点的办法呢？许声声站在教室里，环顾着周围吵吵嚷嚷的同学，忽然想到，别人也有秘密嘛！如果能把别人的秘密都拿过来，估计用不了多久，我就能积攒一千零一个秘密了。

许声声坐下来，敲敲同桌的胳膊："林晴儿，你有秘密吗？"

"当然有！"林晴儿在写作业。

"如果你肯把你的秘密讲给我听，我就把这个送给你！"许声声拿出一块灰太狼橡皮。

林晴儿抓过橡皮："哇！这个灰太狼真可爱，还带香味呢。好吧，我就讲我的一个秘密给你听。"她的双手托着下巴，眼睛亮晶晶的，小声说，"你知道吗？我最喜欢的男生是魏晨！我简直喜欢死他了，我发誓，等我长大了，一定要嫁给他！"

许声声闭上眼睛，开始默念。终于确定记忆无误了，他睁开眼睛，高兴地伸出手去，跟林晴儿重重地握手："成交！"

放学后，许声声背着鼓囊囊的书包，一边走，一边左顾右盼。

看见走在前边的一个矮胖子，许声声急忙冲过去，喊道："朱子介，愿不愿意跟我做个交易？"

朱子介满脸诧异地转过脑袋："什么交易？"

许声声把手伸进书包，摸出一辆遥控玩具车："如果你能告诉我一个秘密，这个遥控车就是你的了。"

朱子介惊喜得眉毛直跳：“真的？”

“当然是真的。不过先说清楚，必须是爆炸性的秘密，像你暗恋班花之类的无聊秘密就算了，我一点儿也不想知道。”

“呃，前几天，本·拉登被美国人打死了，这个秘密算不算？”朱子介的眼珠直勾勾地盯着玩具车。

许声声擦擦汗：“这个秘密全世界都知道，当然不算！你说的秘密必须是你自己做的事，而且，没有第二个人知道。”

朱子介点点头，沉思良久，忽然神秘地说：“你还记得上个月的寒假作业事件吗？”

许声声瞪大眼睛：“那把火不会就是你点的吧？”

“没错！因为寒假作业我一个字也没写，根本交不成。林行健把作业本收上去以后，我偷偷溜进办公室，把咱班的寒假作业都烧成了灰。”朱子介洋洋得意，“最绝的是，事发以后，所有人都以为是那个乡巴佬戴七斤干的，罗老师差点把他给开除了……”

“原来是你！”许声声咬牙切齿地说，“害得我们把寒假作业重写了一遍，你个混蛋！”许声声把玩具车朝朱子介扔了过去。朱子介吓得捡起玩具车，落荒而逃。

许声声收购秘密的消息在校园里不胫而走。现在，许声声再也不用出去找秘密了，只要坐在教室里，课余时间总会有人围在他身边，向他兜售自己的秘密。

“许声声，只要你给我一张米米卡，我就把我爸跟我妈昨晚打架的秘密告诉你。”

“许声声，我养了一条哈巴狗，你想知道它的名字吗？五块钱！”

“许声声，快点，把耳朵伸过来，我免费告诉你一个秘密。真的免费！我怎么会骗你呢？只要放学后请我吃两根鸡翅就行了。”

尽管收集秘密的路上布满艰辛，许声声始终没有放弃。据不完全统计，经过多年的不懈努力，许声声已经攒下接近一千条秘密。但是，许声声付出的代价也是惨重的，他的学习成绩一落千丈。最糟糕的是，再过几个月，就是毕业考试了。

“听见没有？抓紧时间复习！”妈妈每天晚上都在许声声的耳边唠叨。像所有毕业生的妈妈那样，她做梦都希望许声声能考个不错的成绩，进一所重点中学。

但是许声声不着急，现在他最关心的，就是他的一千零一个秘密。

一天深夜，许声声躺在床上，翻来覆去地睡不着。零点钟声敲响的时候，许声声迷迷糊糊地听见“吱嘎”一声。卧室的门打开了，似乎有一条黑影钻了进来。

黑影在卧室里无声地游动着，许声声起了一身的鸡皮疙瘩。难道是鬼？许声声吓得直挺挺地躺着，连呼喊的力气都失去了。

黑影搬过一把椅子，在许声声的床边坐下，慢慢地拿出一本书，打开，然后拿出一支手电筒照着，细声细气地念起书来。

就像掉进噩梦里一样，许声声欲哭无泪，欲动不能。

念书声渐渐大起来。许声声觉得挺奇怪。“黄河远上白云间，一片孤城万仞山……”咦，这个鬼念的怎么是我的课文？还有，声音听起来这么耳熟，像是……妈妈的声音？

想到妈妈，许声声忽然不知道哪里来的力气，从床上猛地跳起来，光着脚朝门外跑，边跑边大喊：“妈妈！妈妈！”

黑影急忙站起身来，拽住了许声声。接着台灯亮了，关切的声音传来：“声声，怎么了？”许声声抬头一看，天哪，竟然真的是妈妈！

妈妈向许声声道出了缘由。原来，她一直为许声声不肯用功读

P116《哥们阿善》图

P116《哥们阿善》图

书而发愁。有一天，陈家阿姨告诉她，只要在孩子睡觉的时候念书给他听，他就能记住书上的知识，将来肯定会考出好成绩。陈家阿姨还说，她的儿子陈永恒本来学习很差，她给他念了半年的书，去年他竟然真的考上了名牌大学。于是，妈妈也开始为许声声念书，她已经念了整整一个春天……

那天晚上，许声声很久都没有睡着，并不是因为受到了惊吓。

天亮了，许声声像往常一样去上学。这天，他听课格外认真。课间的时候，几个男生围在他身边："许声声，你还要秘密吗？"许声声摇摇头："不要了，你们自己留着吧。"

从此，许声声像是换了一个人，每天用功读书。那年夏天，许声声考上了重点中学。

秋天，陈永恒来许声声家里做客。奶奶坐在旁边，把许声声收集秘密的事告诉了陈永恒。

陈永恒笑着说："许声声，你的秘密攒够了吗？"

许声声说："攒够了。"

陈永恒打量着许声声："你瞧，你还是不太高嘛！看来，收集秘密的法子不怎么灵。"

"不，很灵的！"许声声用不容置疑的口气说，"男孩长大，不一定要长得高高大大的，心理的成长才是最关键的。"大家愣了愣，纷纷赞许地点起头来。

陈永恒说："可是我真的很想知道，你突然变得这么成熟，究竟是怎么回事？"

许声声转头看着妈妈，忍不住微笑起来，响亮地说："这是一个秘密。"

校园风铃声

Q 问题急助

马上就要初三了，我的学习成绩一直不理想，为了能考上好高中，我放弃了许多兴趣爱好，比如体育锻炼、看电影等，可不管我怎么努力，我的学习成绩还是没提高。月儿姐姐，我是不是太笨了？（苦恼的冲刺者）

月儿姐姐 你是个求知欲很强的好孩子，但不要给自己太大的压力。你为了学习放弃了原本该有的娱乐和休息，这是不利于健康的，学习效率当然也会随之下降。你应该学会劳逸结合，订好计划，这样就不会有太大的压力，还能让你学得更好更快。

Q 问题急助

我在班里一直品学兼优，但这次学习委员竞选，我却输给了一个学习成绩很普通的同学，而且他在其他方面也没特别突出的地方。我一直不明白，自己到底哪里比不上他？月儿姐姐，大家为什么要选他而不选我呢？（李涛）

月儿姐姐 李涛同学，做学习委员不光要成绩好，还需要有一颗为大家服务的心。你可能只看到了你同学的缺点，却没有从自己身上找出不足。想想自己是不是心胸不够宽广，做事太计较了？要成为学习委员，就要懂得关怀别人，乐于助人，也许这些正是你同学身上的闪光点吧。

问题急助

月儿姐姐，我最近一考试就紧张，连简单的题目也会做错，记住的东西也想不起来，有时紧张得甚至连笔都拿不住，为什么会这样？月儿姐姐，快帮帮我吧！（李月白）

月儿姐姐 月白同学，不要着急，你的这种症状叫作考试焦虑症。你要想改善这种状况，就要平实多努力学习，为考试做好充足的准备。考试前要温习功课，还要放松身心，把考试当作平时的作业练习就好了。

问题急助

我的数学成绩还不错。这次老师让我代表学校参加市里的数学竞赛，我有点儿没信心，怕自己考不好，就不想参加。月儿姐姐，你觉得我该怎么做呢？（陈知源）

月儿姐姐 知源同学，很多时候我们做不了某件事，不是因为我们能力不够，而是我们顾虑太多。既然老师选择让你参加比赛，就说明你完全具备这个实力。所以，清除内心的顾虑，自信满满地去参加比赛吧！相信自己，也要相信老师对你的肯定。调整好状态，全力以赴，相信你会拿到很棒的成绩的！

猫头和他的小小文具店

徐继东

一次替妈妈采购时，猫头无意中发现了一个“商机”，之后又在班里开了一个小文具店，班主任为什么不管呢？猫头赚到钱了吗？后来呢……

谁也没有想到，别出心裁的猫头居然在五（4）班开起了一个小小文具店，有模有样地当起了小老板，而且还把生意做得红红火火。

更让同学们觉得不可思议的是，一向纪律严苛的班主任韩雪娟老师，这一回居然没有制止，真是叫人看得一头雾水。

闲着的时候，同学们像小麻雀一样喜欢凑在一起叽叽喳喳议论。每每遇到这样的情形，猫头的好朋友杨艺曼总是刻意回避，她既不解释，也不参言。

其实，对于这件事情的来龙去脉，杨艺曼了然于心。

说起杨艺曼和猫头的关系，那可不是一般的亲密。

杨艺曼的父亲杨春伟与猫头的父亲陆咸川一直亲如兄弟，两家从农村一同漂进云河市，在一个工地上做工，租住在同一个院子里，吃的用的可以说是不分彼此。杨艺曼和猫头从小就在一起玩，从幼儿园、学前班一直到现在，两人那真是形影不离。她喊猫头的父母都是二叔二婶，那口气比一家子还要亲。尽管后来头脑灵活的杨春伟做起了生意，而且把承包旧城区拆迁的生意做得风生水起，而猫头的父亲依旧在工地上干瓦工，但这丝毫也没有影响猫头与杨艺曼这一对青梅竹马的深厚情谊。

那个周日，猫头和杨艺曼在城南商贸城无意中发现了一个莫大的商机。

猫头的母亲刘静，是一个花钱格外节俭的家庭主妇，过起日子来，那真是一把好手。她家的牙膏香皂、油盐酱醋等零零碎碎的东西，很少到超市里去买，大多是到城南的商贸城选购。

云河市的城南商贸城，是一个规模很大的批发零售市场，是广大平民展示智慧与讨价还价口才的好去处。同样品牌的产品，超市里一元钱一袋的榨菜在这里只卖八角，两元钱一袋的霉干菜笋只卖一块六，三元钱一袋的味精只卖两块四……平均下来，可以节省开支百分之十五到百分之三十。对于扳着指头过日子的老百姓来说，这可以节省好大一笔开销哩！所以尽管商贸城位置有点偏僻，交通有点不便，但是仍有许多人乐于忙中偷闲来逛一逛。

猫头跟着母亲来过几次，对城南商贸城的情况自然也就非常熟悉了，他主动请缨要帮妈妈承担采购任务。猫头深知，在饭店里打工的妈妈，每天都是手脚不停地干活，很辛苦的。

“妈妈你放心好了！这点事情我还是能够胜任的。”猫头的自信满满当当。

那一天，猫头口袋里揣着妈妈的购货清单，用自行车载着杨艺曼，两个人一路说说笑笑来到城南商贸城，只用二十分钟就顺利完成了采购任务。余下的时间，猫头便领着杨艺曼来到文化用品批发中心，两人漫无目的地四处闲逛。也就是在这闲逛的过程中，猫头无心地随口一问，就着着实实地吓了一大跳——乖乖！一条红领巾批发价才六角钱，如果批发超过四十条的话，一条价格仅仅五角钱。

“老天！真是吓死我了。”猫头把他的大猫眼睁得滴溜溜的圆，对着好友杨艺曼大发感慨，“你不知道啊，我们学校门口的破小店，一条就卖一块五哩！”

杨艺曼不知道猫头为什么要这样大惊小怪：“人家是做生意，当然想多赚一点了！”

“切！你不知道哩，那销售量好大哎！”

作为班级劳动委员，猫头好几次被抽调在红领巾监督岗执勤。新村小学红领巾监督岗的职责就是在大门口逐一检查全校学生校服穿着情况、红领巾佩戴情况以及在校园内是否有吃零食、乱抛杂物纸屑的现象等。记得有一次周一早上，猫头一个人就查到十三个人没有佩戴红领巾，那十三个都是在校门口的超市里买了红领巾佩戴好了才得以进入校门的。

猫头的眼睛眨巴了好一会儿，神秘兮兮地问：“小曼，你的身上还有多少钱啊？借给我用用好吗？”

杨艺曼没有多想，掏出口袋仅有的二十元钱。

可是，两分钟之后，杨艺曼就后悔了！她后悔自己真不应该把钱掏出来。

猫头接过杨艺曼的二十元钱，加上自己买东西剩下的七元钱硬币，从老板手里一下就批发了五十四条红领巾。他眉飞色舞地对杨艺曼说：“明天早上，你的猫头哥哥就是一个小老板了，你应该恭喜我哦！”

“呸呸！你尽想馊主意。”杨艺曼对眼前突然失控的形势倍感担心。在老师的眼里，她一直是个循规蹈矩的乖孩子，可不想成为猫头惹是生非的帮凶。“你是要干什么呀？莫非是想在校门口摆小摊儿？你以为张校长会由着你胡来？当心韩老师剥你的猫皮！”

“你别激动好不好？你就是一个股东，也不要你出面去卖，到时候你就等着分红好了。”猫头信心十足。

“你别拉我下水好不好？我才不做你的股东呢！我更不会和你分红的，别怪我没有劝你哦！出了纰漏你自己担着。”杨艺曼想想，觉得还不解气，就加大了威胁的力度，“回去我就告诉二婶，我看你今晚怎么过关！”

“唉！我的姐哎，你别这么狠好不好？”一听杨艺曼说要到他妈妈那里告状，猫头慌了，连忙告饶，“你看我的货物已经买回来了，你就睁一眼闭一眼假装不知道好了。如果韩老师反对的话，我就立马收手，你看行不？”

杨艺曼想了想，生米已经做成了熟饭，也只得点头默认。

星期一的早上，满心亢奋的猫头早早就来到了学校。他把书包送进教室，就悄悄地溜了出来。他站在校门口和文具店之间，把大包的红领巾塞在怀里，手里只拿一个样品。

猫头干过执勤，很有经验的。他双眼瞄着大门口，一旦发现有人没戴红领巾被拦下来，就主动凑过去有的放矢地兜售。

猫头的促销效果还真不错，一个早上就卖出了十九条红领巾。

“你看看！我今早就赚够了二十块哦。”猫头洋洋得意。

“我劝你还是悬崖勒马，当心韩老师训得你当场休克！”杨艺曼当头就是一盆冷水。

在接下来的日子里，猫头积累了越来越多的生意诀窍。他知道，每个周一学校要组织升旗仪式，所有少先队员都要佩戴红领巾，但绝大多数人都已经形成了习惯，再说家长也会记得提醒，所以销售量不太大，一般也就是卖出十条左右。要是遇到上级领导来视察、检查这样的临时通知，那就是销售旺季了，许多孩子都会忘记戴。有一次，猫头一个早上就卖出了三十九条。

听说自己班里的猫头居然在校门口贩卖红领巾，班主任韩雪娟真是大跌眼镜！

韩雪娟不想打草惊蛇，她很想亲眼看看这个猫头是怎么做小商贩的。周一的早上，她早早就来到了学校，在临近校门口的三楼窗口，默默注视着那个一直在大门外晃悠的猫头。一旦有人被执勤的拦下了，猫头就立马凑了过去，展示商品、讨价还价、收钱找零，猫头的生意似乎做得颇为老道了，看来还真有天赋。

预备铃响了，猫头一秒也没有耽搁，撒腿就往五楼的教室跑去。

看到了这一幕，韩老师的脸上露出了一缕欣慰的笑容。

放午学的时候，韩老师在教室里留下猫头。

“如果现在让你选择的话，长大后你想干什么呢？”韩老师漫不经心地问。

“我想做一名警察！”猫头干干脆脆地回答。

这倒是出乎韩老师的意外，本来以为他一定会说是企业家、老板之类的。“还有别的选择吗？”老师问。

“做一名教师也很好，就像您这样的！”猫头的眼睛就像一条小溪，清澈得可以看见底。

“哦？难道你真没有做老板的打算？我看你还是很有天赋的！”韩老师笑眯眯地提醒。

猫头不好意思地挠挠头皮：“韩老师您……您都知道啦？”

“我看见你在校门口卖红领巾哩！你怎么会想到做这样的事情呢？”韩老师迫切想知道他的“作案动机”。

“我……我就是想试试看，看能不能……能不能靠我自己的双手赚到钱？老师您要是认为不好，我就……”猫头在察言观色。

韩老师摆了摆手，她可不想简单粗暴地下禁令：“你是一个小学生，目前的任务就是学习，你要这样急着赚钱干什么呢？”

“我看爸爸妈妈给人家打工挺辛苦的，就想自己赚点钱，帮他们一人买一双鞋子。嗯，如果宽裕的话，我自己也要买一双，用我自己赚来的钱！”猫头的眼睛充满了期待。

韩老师听了心里一热，都说穷人的孩子早当家，大概就是这个意思啊。

回过头来看看，这件事好像也并不是什么坏事呢。所谓的素质教育，不就是要倡导培养锻炼孩子的能力吗？算起来，这也是一种勤工俭学嘛！

韩老师沉吟了好一会儿：“好吧！如果老师不反对的话，你下一步还有什么新的打算吗？”

“我早就想在班里开一个自己的小店，只要一个木头箱子就行了，去市场批发一些文具来，和外面的文具店一样的价格，既方便了大家，又可以赚点钱！”

韩老师的和颜悦色，给了猫头一份勇气，他壮着胆子说出了自己埋藏心底很久的设想。

“好！我同意了。但是我们要约法三章：一是只可以卖文具和对学习有益的正规商品；二是坚决不允许卖瓜果零食和玩具，更不要说那些吐血糖、电口香糖等等乱七八糟的玩意；三是必须先要得到家长的同意，而且一旦你成绩下滑，就要立即‘停业整顿’！记住了，你现在是班级第八名！”

猫头从家里带来一个二尺见方的木箱，就放在老师的讲台下。除了放学的时候，木箱并不上锁。箱子内盖上贴有一张商品价格清单，看起来一目了然，需要什么同学自己拿，随手把钱放在里面的纸盒里即可。同学没有带钱也不要紧，就在纸盒里的白纸上记一下。

铅笔、橡皮、签字笔，小刀、直尺、三角板，本子、胶水、修正液……麻雀虽小，五脏俱全，同学们缺少东西也不必下楼了。

猫头的小小文具店不仅给同学们带来了极大的便利，他这种高度信任的宽泛式管理，也大大提升了班级的文明程度，这还真是出乎韩老师的意料。

有人问："你这样的自由超市，不怕东西会短少吗？"

"不会少的，这个我有数！"猫头憨憨地笑道，"再说了，即便偶尔少点就少点吧，反正也没有亏本，就当是被谁借去了。"

猫头小小文具店的生意最近越来越好！也不知道是真的需要，还是出于好奇，或者本身就是为了"考察取经"，隔壁班里的同学也常常来光顾。

不到两个月时间，猫头居然净赚了三百多块钱。再加上卖红领巾的收入，猫头的利润积累已将近五百元。在猫头的眼里，这可是一笔不小的数目，他在暗暗盘算该怎么花销这笔钱！

这个星期天，猫头花了三百一十块钱帮爸爸妈妈一人买了一双安踏运动鞋，又花了八十块钱给自己买了一双削价的。

妈妈捧着崭新的运动鞋竟然老半天说不出话来。

"老妈，快点穿上呀！以后上班就穿这个，保证你不会觉得疲劳！"猫头蹲下来迫不及待地给妈妈换上鞋子。

妈妈的眼角乐出了泪花，满脸洋溢着幸福，喃喃自语道："哎呀！真没有想到哦，这么早就能享到儿子的福！这是老妈穿的第一双运动鞋哩！”

体育课上，猫头穿着自己赚钱买来的运动鞋真是健步如飞。在四百米的角逐中，他一举拿下第二名，仅次于班里天生长胳膊长腿的体育委员程全。

猫头对得了第三名的牛猛和第四名的马力说：“看见了吧？名牌运动鞋也不一定有用的，速度不在鞋上！我这八十元钱一双的削价产品照样也能拿亚军，这叫实力。”

这天中午，猫头在校门口饰品店里，花了七十五元钱买下三副漂亮的羊毛手套，他自己留下一副黑色的，却把粉色的和兔灰色的塞在杨艺曼的手里。

“哎呀！你怎么乱花钱呀？好不容易赚到的！”杨艺曼又惊又喜，嘴里却在不停地抱怨。

“我只适合戴黑色的，你戴粉色的，这副兔灰色的拜托你送给韩老师好不好？”猫头真怕杨艺曼会推托。

杨艺曼一听，嘴巴就撅了起来，“你呀，真的不懂事耶！送礼一定要自己送的，要不就没有诚意了。”

猫头想想小曼说的确实有道理，抓耳挠腮犹豫了半天，也只得硬着头皮去见韩老师。

韩老师接过猫头塞给自己的手套，就像喝了一杯温热的咖啡，感觉心里暖暖的：“猫头，这是你小店赚的钱？你应该送给你妈妈才是。”

猫头点了点头，自豪地说：“我已经给妈妈买了一双鞋子了！她现在天天都在穿。现在天气凉了，我想应该送您一副手套。”

“猫头，我已经教书六年了，这是我第一次答应接受学生的礼品，因为你是用自己赚的钱买的！但是下不为例，并且不许告诉班里其他人，我们不能把风气带坏了！你能答应我吗？”韩老师格外严肃地告诫道。

“能！我保证！”猫头觉得能够给值得自己尊敬的老师送礼也是一件很幸福的事情。

这次月考，猫头得了班级第六名。

韩老师非常高兴：“猫头，好样的！还记得我们的约法三章吗？如果是第九名，你的小店今天就要关门大吉了！”

“谢谢韩老师，那约法三章我天天都记着的。”猫头乖巧地说，“我现在有一个更好的主意，正想向您汇报哩。”

“什么主意呀？说来听听。”韩老师似乎很感兴趣。

“我想把我的小店捐给班级，让大家一起经营。”

猫头的话，让韩老师感到非常意外，她一时弄不明白，这个小家伙究竟在想什么：“你怎么会有这个想法了？你不是一直想开小店减轻父母的负担吗？是不是厌倦了？”

“不！不是厌倦了。我觉得这是一件很有趣的事情，应该所有同学都能一起分享。”猫头认真地说，那口气俨然一个小大人。

一个家庭条件不是很好的孩子，对钱的渴望是可以理解的，现在猫头把到手的财富主动让给大家，这可不是一般人能够做到的。

“那你打算让这么多同学如何来共同经营一个小小文具店呢？”韩老师觉得这是一个自己从未考虑过的问题。

“我们可以让大家自己报名，然后就像卫生值日一样，排一个值班表，让同学们轮流当老板，一星期一换。我们把小店赚下的钱积攒起来，留待春节搞联欢会，或者是春天去郊游。”

韩老师吃惊地看着眼前的这个孩子，真没有想到，他竟然把问题考虑得这么周密，这么长远。

要想取得好成绩，集中注意力非常重要。下面我们就通过一些简单的题目来检测一下你的注意力是否集中吧！

（回答“是”，得0分；回答“否”，得10分。）

1. 听别人说话时经常心不在焉。（　　）
2. 学习时常常想起毫无关联的事情。（　　）
3. 学习时总觉得时间过得太慢。（　　）
4. 被别人指责时的情景始终不会忘记。（　　）
5. 想干的事情很多，却不能专心于一件事情。（　　）
6. 对刚看完的书（笔记），常需阅读好几遍。（　　）
7. 读书不能持续两个小时以上。（　　）
8. 学习时，对周围人的说话内容听得很清楚。（　　）
9. 做作业时喜欢开着电视。（　　）
10. 做试卷时，经常会漏掉题目。（　　）

结果分析，看看自己的得分吧：

★★★★★ 90～100分　你的注意力集中程度非常棒！

★★★★★ 60～80分　你的注意力集中程度也很不错哦！

★★★★★ 30～50分　你的注意力集中程度一般般呢。

★★★★★ 0～20分　嗯，你需要加油了哦。

哥们阿善

徐　玲

朋友是一面镜子，可以照出你的缺点和不足，在相处中让你明白很多东西……

自习课上，一个不明飞行物突然落到我摊开的作业本上，我定睛一看，“噌”地跳起来，转动脑袋四下搜寻恶作剧者。

周围相当安静，同学们一个个闷着脑袋做自己的事，额头上干干净净，都没写“是我干的”。

我把目光重又投到作业本上，我原来帽子上那只漂亮的绒球正无辜地躺着，显得十分可怜。它本来应该坠在我的绒线外套的帽子尖上，垂在我后背的发梢处，一晃一晃地显出我的可爱。

“冒子，你看见是谁扔的了吗？”

冒子是我同桌，姓“冒”，所以得名“冒子”。

没来得及等她回答，我回头拍拍阿善的笔袋问：“阿善，你看没看见？”

按道理我首先应该怀疑阿善，因为他就坐我后面，他要是剪下我的绒球，再抛给我，一秒钟就可以完成。可是，我不怀疑他，丝毫不，因为他是我的哥们，唯一的异性哥们。

“看见了。”哥们儿阿善正在对付难题，没抬头。

“谁呀？”我惊喜地问。

“班主任。”阿善说。

“不可能。”我说，“班主任怎么会偷袭我？他除了脑袋光滑一点、目光短浅一点、嘴巴锋利一点，没什么不好的，不至于……”

“呵呵呵……”我的话被一阵笑声打断。

阿善抬起眼朝前面瞟，嘴角往外努。我的脑袋大起来，大起来。

“米诺。”班主任的声音箭一般射中我的后背。

我硬着头皮转回脸去，想给班主任一个灿烂的笑脸，可是脸上的肌肉十分僵硬，僵硬到我指挥不动它。

惨了惨了，得罪了班主任，我非下地狱不可。面对这样的惨状，我竟想不出一点补救的办法。我第一次感受到自己智商的平庸和面对困境的懦弱。

“米诺，给大家讲讲，你是怎么把最后一道附加题做出来的。”班主任说，“全班只有你一个解出了这道题。”

“啊？”我张大嘴巴，这才发现班主任手上正托着大伙儿上午做的试卷。

“嗯啊嗯啊……”我激动得语无伦次。

同学们用奇怪的眼神看着我，见班主任竟对我的无端诋毁充耳不闻，反而客气地请我讲述解题经验大感失望。

实际上班主任只不过头发不明不白脱了一些，眼睛比一般人小了一些，嘴唇比正常人薄了一些，没什么不好。

“来来来，到前面来讲。”班主任朝我招手。

我受宠若惊，感恩戴德地走上去讲述解题思路。

被羡慕的目光和钦佩的掌声包围着，我很快忘记了绒球的事。

放学的时候，阿善还在草稿纸上算来算去。

“哥们，解题思路我不是讲过了吗？你没听啊？”我敲他的课桌。

“我相信还有另外一种解法。”阿善固执地说，“一定有。你先走，不要等我了。”我俩顺路，放学经常一起走。

我撇撇嘴，收拾书包走的时候，摸到了桌肚里的绒球，又想起那个混蛋恶作剧的事。

“阿善，你究竟看没看见……”

“别说话。”阿善打断我，一副严肃认真的表情。

我提起书包走了。

真是郁闷，好端端挂在帽尖的绒球，居然被人弄下来了。

回到家，我胡乱把绒线外套脱了，吃晚饭写作业睡觉。

做梦的感觉很好。我坐在空旷的蔚蓝色考场上，看浪花一样翻卷的试卷和海藻一样飘来拂去的题目，正准备下笔时，电话突然响了。

“米诺，我做出来了！做出来了！”阿善疯子一般嚷嚷，“我就知道那道题不止你那一种解法。现在让我来告诉你，我是这么做的……”

“阿善，你去死……”

第二天我进了教室，跟冒子大谈梦里的事。

“阿善居然说那道题有另外一种解法。怎么可能嘛？有的话我不第一个做出来了？就凭他那个猪头脑，想跟我比附加题，还差三十万八千里！幸好只是个梦，要是他真的做出另一种解法，我非跳楼不可。呵呵……”我喋喋不休。

冒子一边听一边笑，一边笑一边把嘴巴挤来挤去，就是不说话。

“傻样。”我坐下来掏英语书，这时我突然瞥见阿善已经在座位上了，神不知鬼不觉的。我的脑袋大起来，大起来。为什么我每次说人家不好听的话时，人家总是听到？

不知道阿善会不会生气，毕竟我不小心用“猪头脑”形容了一下他，实际上他的脑袋只不过比平常人大了一圈而已。

我拍拍胸口强作镇定，灵机一动，从书包的侧袋里摸出一枚榛仁巧克力（大概是半个月前塞进去的，一直忘了吃），双手托着，讨好地转身递过去，并且用极尽温和的声音说："哥们，给你巧克力吃哦。"

阿善没有拒绝，他笑眯眯地伸出两根手指，轻轻捏住巧克力，贪心地问："还有吗？最好是葡萄味的。"

"有有有，"我一个劲儿点头，"我家里有，明天管你够！"老天知道我家里根本就没有巧克力。我摸摸口袋，心想放学后得去趟超市，仅剩的十几块零花钱是留不住了。谁叫我说话不经过大脑思考，总得罪人呢。

看阿善有滋有味地享受巧克力，我心里舒服了一些。

"到底是哥们，说他'猪头脑'他都不生气。"我激动地推推冒子，很小声地说，"刚刚我在跟你胡说八道的时候，你为什么不告诉我他已经进来了？"

"我不是向你努嘴巴了吗？"

"呆子，有你那样努嘴巴的吗？"我哭笑不得，"你到今天都没学会努嘴巴？"

"努嘴巴很重要吗？"

"当然。"我说着给她示范了一遍，"记住，下次有情况要这样给我努嘴巴。"

"哦。"冒子很乖。

我终于定下心来朗读英语课文，可是半分钟不到，我没了心思，因为我想起了绒球。在那么一秒钟内，我发誓要揪出"恶作剧者"。

怎么找呢？悬赏。

唰唰唰，几分钟的时间，我的悬赏通告搞定，以下便是全文的内容：

悬赏寻找恶作剧者

本人在昨天下午的自习课上，被人恶搞了一回。某家伙偷偷从我背后摘了我绒线外套帽子尖上的绒球（和衣服一样它是奶白色的），又把绒球抛到我桌上。虽然说这不是一件很大的事，但也不能算是一件很小的事。我认为非常有必要找出这个恶作剧者，并且教育TA以后不要没事找事去干恶作剧，要是不教育TA，说不定哪天TA还要把我头发剪下来扔给我。

请目击者放学之前将线索写在纸条上塞到我书包里，并请在纸条右下角署上自己的尊姓大名，我一定重谢（至少请吃葡萄味巧克力）！

拜托了！

受害人米诺

读了两遍，我觉得很满意，于是丢给冒子：“亲爱的，麻烦你去把它张贴到班级公告栏里。”

冒子拿起来看，看完就笑，笑得唾沫四溅。

“这可不是幽默故事。”我用英语书挡住飞溅的唾沫，一本正经道，“好了好了，赶紧去贴出来。”

冒子笑够了，抿抿嘴凑近我：“你准备悬赏多少枚葡萄味巧克力？”

“难道你知道谁是恶作剧者？”我瞪圆眼睛，“快说快说。”

冒子晃晃脑袋：“我随便问问。”

“去去去。”我轰道。

悬赏通告上墙后，全班沸腾。

同学们课间围在一起，说什么的都有。

一下课我就躲出去，给别人留下往我书包塞纸条的机会。

结果坏了，中午的时候，我的书包里已经塞满了纸条。张三说是李四，李四说是王五，王五说是赵六……

我的脑袋发胀，发胀。

“都是被你的葡萄味巧克力给馋的。”冒子嘿嘿地乐。

“算了算了。”我摆摆手，再次想到身后的阿善。

阿善正对着窗外发呆。

“哥们，我郑重其事地再问你一遍。”我相当认真，“你看没看见……”

“努——”阿善打断了我的话。

我随着阿善的目光看去，见班主任走过窗口，进入教室。

我不得不坐好。

“呵呵，真是一个好消息！”班主任看上去很兴奋，“昨天试卷上那道附加题，米诺给大家讲了解题思路。今天，又有一位同学把另外一种解法写给了我。我很高兴，我们班上有这样刻苦钻研的同学。”

我的心跳得快起来。

“黄善，你给大家讲讲你的思考过程。”班主任对阿善说。

我的嘴巴打开成“O”形。

阿善笑吟吟地走上去。

“你要找的人，就是他。”冒子突然对我嘟哝。

“什么意思？”我的脑子不够用。

冒子说：“那个绒球是阿善扔给你的，但不是阿善恶作剧摘下来的，是它自己掉下来的，阿善只不过好心帮你捡起来而已。是你自己总把人往坏处想，丁点儿小事搞得那么复杂。”

我愣在那儿无法思维，只看见阿善站在黑板前，一边龙飞凤舞地演算，一边眉飞色舞地讲解。

那个梦，难道不是梦？

哥们阿善！

玉树临风安小度

徐　玲

一个不停转学的农民工孩子，来到了班上，抢走了“我”的“双委员”。“哼，初来乍到就这么积极，我等你出状况！看你还能笑多久！”

MISS古在电子白板上写单词时，我在托着腮帮子想心事——纠结啊，再过十多分钟就是班会课啦，班干部改选，我要不要参加呢？

把手伸进桌肚里，摸摸在裙子口袋里捂了三天的皱巴巴的自荐书，忽然感觉额头上渗出汗来。那个忙碌的倒霉的娱乐委员兼生活委员（以下简称“双委员”），我已经当过一年了，不当也罢。

抬头扭过脸，忽然瞥见窗口匆匆飘过一个男生。那身影仿佛是从电视剧《神话》里走出来的哟，雪白的衬衫，背影高瘦挺拔，走路的样子威风凛凛。我伸长脖子目送他的后脑勺消失在墙壁处，思量着他究竟有一张多么帅气非凡、惊世骇俗的脸……然而，鼻子眉毛都还没在脑子里勾画清楚，他已拎着书包闪现在我们教室门口了，正咧着两片腊肠嘴傻兮兮地笑。所有的目光汇聚到他身上。

MISS古扶住眼镜架，浅笑吟吟又不失严肃地走下讲台，一直走到他身边：“你来啦，欢迎加入我们纪律严明、学习刻苦、成绩优异的初二（5）班……”

原来是个插班生。

太让我失望了。眼睛比杜海涛的小，鼻头比成龙的大，还顶着两个朝天的大鼻孔！最让人受不了的是，下巴上居然长了颗大咧咧的黑痣，大到什么程度呢？隔着三排座位，我能清楚看见它的形状，是倒挂水滴形。嗯，长得的确惊世骇俗，只不过一点儿都不帅。

他说他叫安小度，底下立即有人起哄，说这是女生的名字，还有人干脆给他取外号——“小肚鸡肠”。

MISS古气得跺脚：“谁要再给同学取外号，罚抄英语单词150遍！”

底下立马鸦雀无声。

安小度呢，神情自若地走下来，大大方方把书包搁在我身后的课桌上。我转过脸，他马上主动跟我打招呼：“满满，你好！”

吓傻我了！“你怎么知道我大名？”我警惕道。

安小度向我桌上抬抬下巴：“瞧，你作业本上写着呢！”

蹩脚的普通话、天真的表情、机灵的动作，这家伙精怪！

我假装不屑地望望他，却发现趴在他下巴上的那滴“水”并不是一颗黑痣，而是一颗好玩的西瓜子。我笑得前仰后合，安小度没头没脑也跟着我傻笑。

这个乡下人！

我以为他比较单纯，没想到人不可貌相。他椅子还没坐热，就站出来推荐自己加入班委。加入就加入嘛，偏偏跟我抢“双委员”。当时的情况比较复杂，别的职位都已经有候选人了，唯独“双委员”无人问津。MISS古像个负责任的拍卖师一样，站在讲台上一遍又一遍地扯着嗓门喊：“有没有谁站出来？还有没有？有没有……”

同学们窃窃私语，也有不少眼睛往我这儿瞧。我心跳得乱七八糟，握着自荐书的手不由自主地颤抖，心里在催：“上去，快上去，这个职务非你莫属。”两条腿却似钉在地上，怎么也抬不起来。正在我犹豫要不要继续做这个苦命的“双委员”时，安小度嘿嘿笑着站起来，胸膛挺得笔直，推荐自己当“双委员”。

底下随即有人质疑，说你刚从乡下转来，对班上的情况一无所知，怎么可能胜任班干部呢？

安小度抬抬脖子说：“我不是从乡下转来的，我是从二十千米外的邻市二中转来的，我在四个城市上了六年学啦，适应能力特强！虽说我长得比较大众化，但我以前的同学都喜欢我，还给我取了个漂亮的外号——”

“小肚鸡肠！”周围笑着和唱。

“嗯？”MISS古鼓着眼睛咬牙切齿，“罚抄150遍……”

大伙儿赶紧捂住嘴巴。

“呵呵呵，”安小度一点儿都不生气，眯缝着小眼睛说，“我以前的同学都叫我——玉树临风。”

“玉树临风？”全班哄笑。

“‘玉树’在那儿！”我们指着教室外西南角窗台上盆栽的玉树嚷。

“那是‘玉树’，可我叫‘玉树临风’，我比它生动，比它有内涵。呵呵，‘玉树临风’是我的网名，你们以后可以这么叫我。”安小度笑容可掬，“名字只是个代号，请多多关照。”

这家伙，脸皮比城墙还厚。看样子，我以后也要为自己取个漂亮的网名，嗯……就叫冰清玉洁吧，出水芙蓉也行。不不，都太俗了。

唉，就因为安小度具有那么一点点娱乐精神，大多数同学为他投了赞成票。大概他们也想换换口味吧，毕竟，这个插班生说话做事的风格看上去跟我绝无雷同。他要当就让他当吧，他当不出名堂，同学们才会觉出我的好来。那时候我再当，地位就比以前高十层楼啦。

像是容嬷嬷等着小燕子出丑一样，我等安小度出状况。安小度初来乍到，不知天高地厚就当“双委员”，一定状况不断，笑话百出。

谁知事实并非我想象得那样，他不仅很快熟悉了“业务”，而且跟一帮同学打成了一片，混得游刃有余。他还经常跟我套近乎，想从我嘴巴里套些好的做法和经验。我呢，禁不住他软磨硬泡，也就多少启发他几句。他对此感激涕零，竟往我笔袋里藏口香糖，令人哭笑不得。

他神气活现，我可看不下去。一天晚自习，我对他说：“安小度，你看你看，咱们班气氛多沉闷，大伙儿一天到晚读书写字做练习，没劲死了。你是娱乐委员，又是生活委员，得想方设法让大家开心才对啊！”

安小度点点头：“满满你说得对，这是我的职责。不过，我觉得，要让同学们都学得开心，过得轻松，得先让最重要的那个人开心、轻松起来。她要是不开心不轻松，我们谁都开心轻松不了。”

“谁？”

“MISS古！”安小度支着下巴凑近我，“你知道吗？我已经想好了办法，两招之内保证让亲爱的MISS古开心轻松起来。”

“真的？”我深表怀疑，“咱们的MISS古最喜欢板面孔瞪眼睛跺脚，是全校出了名的严肃老师，你能搞定她呀？”

安小度眉毛一挑：“跟你说啦，两招之内。”我嗤之以鼻。

星期五活动课上，我们班和初二（3）班搞联合班会，其实是一场友情辩论赛。两个班的班主任同时担任评委。评委席设在辩论席中间。

上课铃声刚响，我们的古美今老师和隔壁班的班主任一前一后走进来，目不斜视，在评委席正襟危坐。整个活动室异常肃静。

安小度是辩论赛的主持人，他不着急主持，却掏出两个席位卡，快速放在两位老师面前。席位卡刚放好，人堆里就迸出笑声来，紧接着，大伙儿都笑了，笑声此起彼伏，只有评委席上的两位老师一脸茫然和尴尬。谁都看见啦——古美今老师的席位卡上写的是“古美女”。虽是一字之差，却不得不令人捧腹。这个安小度也太大意了，再怎么粗心也不可以把老师的名字写错嘛！辩论赛举行到一半，终于有胆大的“古美女，古美女”地嚷嚷起来，MISS古把席位卡翻过来一看，脸立刻红成番茄……

大伙儿都认为安小度死定了，没想到MISS古并没有责备他，还夸他具有娱乐精神，说他仅仅在一个字上下了功夫，就活跃了辩论赛的气氛，实在是高。事过之后，安小度跟我说，他是故意把“古美今”写成“古美女”的，这是第一招。

紧跟着他使出了第二招。他在粉笔盒里藏了一支小小的护手霜，MISS古把它当粉笔抓在手上时，惊得瞪大眼睛，大声问怎么回事。安小度立马站起来，笑嘻嘻地说：“老师的手多用了粉笔很容易干燥，但愿这支护手霜能保护您的手。”MISS古感动得泪光闪闪，一时语塞。

两招过后，安小度俨然成了MISS古最贴心的小助手，在他的“蛊惑”下，MISS古说话做事越来越富有娱乐精神，竟然当着我们的面谈明星、做鬼脸。她开心了，我们的日子也就好过了。课堂气氛轻松了，拖堂的概率小了，作业量少了，这样那样的约束减了……

事实上安小度并不是只会“奉承老师”，他对大家伙儿都“别有用心”。除了做好日常工作，他不遗余力地在班上搞娱乐活动，寓教于乐。比如开展反着穿衣比赛，在大伙儿把衣服反穿，玩得乐此不疲的时候，提醒一句：衣服反着穿是不是很不舒服啊？这就告诉我们，做任何事情都要遵守约定和规矩，盲目地创新是没有好处的。他还在班上成立了“玉树临风爱心小队”，带着一帮有钱没处花、有力气没处使的男生女生到处去送爱心。

他做得那么卖力，我不得不甘拜下风。不过我感到好奇，是什么动力在支撑他这么努力地为大家服务？一天午后，我看他闷头算着饮水费，忍不住问：“当班干部是没有工资的，‘双委员’更是辛苦，你这么拼命干什么？”

他头也不抬：“我愿意。”这家伙！

转眼冬天到了。我们都在操场上玩儿，安小度却用长满冻疮的手为大家做生活简报。冬季运动会上，他参加1500米长跑，不小心跑掉了鞋子，我们都看见了他露着大拇指的旧袜子，他却笑眯眯地继续往前跑……我知道，有了他，再也没我什么事了。我完完全全退出了初二（5）班的娱乐舞台。有时想想也会不甘心，所以难免酸溜溜地丢给安小度一句不中听的，他却不跟我计较。直到期末考试即将到来的时候，他跟我说：“满满，我考完试就走了，回家乡过年，过完年也不来了。”

我被吓得傻愣愣的，不知道他在说什么。

“我走以后，娱乐和生活委员还是你来当，你愿意吗？”

“你去哪儿？”我摸不着头脑，“你才转来一个学期。”

“你管我去哪儿？你不是巴不得我从来没出现过吗？”

“谁说的？”我撇撇嘴埋下脸。

他说，他是农民工的孩子，注定跟着父母在不同的城市辗转。

安小度要走的消息打击了一大片同学，大伙儿都舍不得他离开。

他走的那天，没有一丝儿风，窗台上的玉树站得笔直，像个傻瓜。同学们都很难过。安小度却笑眯眯地说：“没事儿。无论我在哪儿，你们都能在网上找到我，记住哦——玉树临风。”

“安小度，我们会一直记得你。”我们都说。

“我也不会忘记你们。如果有一阵风吹过玉树，那是我在想念你们……”我们的目光投向窗外的玉树。我们知道，以后的很多天很多天，这棵玉树都会在风里摇曳……

又到杨梅成熟时

杨奇斌

林午言坐了很久的车，又走了很远的路才来到梁子涵的家，可是人家并没表示多欢迎，唉，谁叫自己不请自来呢。

班车忽上忽下，也不知在云里云外穿梭了几回，终于在一个叫坑架的自然村村口，放下了早已晕头转向的林午言。

“没错，坑架就是这里下！”车轮卷起的灰尘几乎淹没了售票员的声音。

林午言拖着两个行礼包疑虑重重地站在路旁。这里前不着村，后不着店，四周除了树还是树，一个人影也没有。他忍不住埋怨道：“这个梁子涵，明明讲好这个时候会到，怎么还不来接我？”

他从包里掏出手机，拨出梁子涵家的电话号码。“嘟——嘟——嘟……”电话那头始终没人接听。

五分钟、十分钟，一刻钟都过去了，那个熟悉而陌生的梁子涵还是不见踪影。就在林午言考虑要不要给爸爸打电话的时候，大路下方传来一个少年的声音：“对不起……我来迟了……”一个又黑又壮身穿红背心的少年一条裤腿长，一条裤腿短，大汗淋淋地跑到公路上，不是别人，就是梁子涵。林午言本想责怪对方怠慢客人，却忍不住笑了起来。

“走吧！”梁子涵也不多说话，一手提起一个行李袋就往回走。

“我提一个吧！”林午言话没说完，梁子涵已经走到前头去了。他走得很快，空着双手的林午言要小跑才能跟得上。

“离你家还有多远呢？”

“就在前面。”梁子涵说话总是这样简洁，很像是要拒人于千里之外，在林午言的印象中，梁子涵就是这样。此前，在“手拉手”活动中，每回都是林午言挂电话给他，有时林午言写了两三封信他才回一封。可是，他越这样，林午言就越感兴趣，越想去接近这个人，越想去感受他的生活。

在不知问了多少次“还有多远”后，林午言总算站在了一排青砖瓦房前，这是梁子涵的家。院子里的鸡鸭“叽叽”“嘎嘎”一窝蜂地围了过来讨食吃。

“走开！”梁子涵不耐烦地伸脚扫开一只公鸡。那只公鸡尖叫一声，赶紧落荒而逃，其他鸡鸭也跟着逃走了，远远地看着梁子涵叫。林午言皱了皱眉头，没说什么。

梁子涵把包往屋檐下一撂，问：“渴了吧！”

“有点！”林午言早就跑得口干舌燥。

梁子涵径直走到一个大水缸前，舀了半瓢水递给林午言。

林午言愣了一下：“我不喝生水，我包里有矿泉水。”

“那算了。”梁子涵也愣了一下，仰头就往嘴里倒，喝剩的就“哗”地往脚下一倒，水泥地面马上冒出一股热气。林午言热坏了，也想冲下脚，可他穿着袜子、皮凉鞋，只好羡慕地看着。

梁子涵指着屋檐下的一条板凳说：“你休息一下，我先去煮饭了。”

跑了这么远，没被热情接待，没有一句问候，只有一瓢冷水，一张冷板凳。林午言满肚子怨言，差点落下泪来。他赶紧给自己打强心针：“又没人请你来，是你自己爱来，受到冷遇也只能说自讨苦吃。”

原来，林午言并不是梁子涵邀请来的，而是他自己一再要求来的。梁子涵被逼得没有办法，才默许的。

既来之，则安之。林午言换上一张笑脸走进厨房。梁子涵已经站在灶台前煮菜了。他先往锅里倒了一瓢水，又放了一把紫菜进去，然后拿起筷子“咔咔咔”地把蛋打散，等到水开后，再把蛋液均匀地淋下去。一阵热气后，一碗紫菜蛋汤就煮好了。梁子涵把汤舀进一个砂锅里，接着把汤和先前煮好的菜放进一个篮子里，又在另一个篮子里装上饭锅和碗筷。

他的动作是那么的麻利，根本不像是一个十二岁的少年。林午言惊讶地问：“你这是在干什么？”

“给我爸妈送饭，你去不去？”梁子涵说着挑起了饭菜。

“当然要去。”林午言害怕梁子涵把自己一个人丢在这个陌生的地方，忙不迭地跟着出去了。两人沿着那条蜿蜒的山村小道一直走进大山里，又在林间小道上七绕八拐，才终于在一座山脚下停了下来。林午言累得一屁股坐在路旁的杂草上大口大口地喘着粗气。

梁子涵并不休息，他双手拢成喇叭状放在嘴边大声叫道：“爹——娘——开饭喽——”

“来喽——”山上响起一声悠长的回应。过了一会儿，山上传来了沉重的脚步声。梁子涵的爸爸妈妈各挑着一担柴草走下山来。

涵妈放下担子，一边用毛巾揩汗一边责怪道：“死娃子，你不在家里陪人家，怎么送饭来了？人家是城里人，你怎么把人家带到这里来了？”

“我怕你们饿了。”梁子涵嘟囔着把饭菜摆在一块平地上。

林午言的心突然一颤，原来梁子涵迟接自己是为了给爸爸妈妈煮饭，梁子涵不想让自己来，是怕耽误了给爸爸妈妈做饭的时间；而自己长这么大，从来都是爸爸妈妈做饭给自己吃，自己连只碗都没有刷过……

“将就着吃吧！”涵妈递了碗饭过来，有点过意不去地说，“子涵不懂事，今天上午才跟我们提起自己交的城里朋友要来家里做客的事。否则无论怎么样也不能让你在山上吃野餐啊。唉，其实要怪也只能怪我们赚钱少，整天指望着子涵能多做些事。子涵给你写信的花费还是他自己到河里摸田螺挣的……”

“妈——”梁子涵往妈妈的嘴里塞进一块五花肉，不让她往下说。

林午言心头一热，差点落下泪来。他赶紧别过身子，假装埋头吃饭，他真想说：“不，是我不懂事，给你们添麻烦了。”

突然，一个什么东西“噗”的一声落在林午言的面前。林午言低头一看，竟是一条黑狗在龇牙咧嘴，差点把他的魂吓跑了。

“虎子！”梁子涵大喝一声，那条狗就乖巧地跑到梁子涵的面前摇头摆尾起来。梁子涵对林午言说：“你叫它虎子，他就会认你。”

“虎子。”林午言试探着喊了一声，虎子迟疑地看了他一眼，眼里没有恶意。林午言的胆子大了些，提高声调：“虎子。”

虎子看了看梁子涵，就慢慢地向林午言跑来，用脖子友善地在他的裤腿上蹭了蹭，算是接受了他。林午言很高兴，夹起一块肥肉递到虎子面前。虎子毫不客气，叨起来就大口大口地吃了。吃完了，又绕着林午言转，好像林午言比亲娘还亲。

“咯咯咯……”一只母鸡也带着一群毛茸茸的像小绒球一样的小鸡雏来凑热闹了。梁子涵把碗里的饭扒了一些出来，散落在地上，小鸡雏都争相抢起来。

“叽叽叽……”一只小鸡雏一不小心被卡在树杈里动弹不得。梁子涵赶紧伸出手掌托着它，然后轻轻地扒开树杈，那动作很爱怜，与之前粗鲁地扫开公鸡形成了鲜明的对比。

吃完饭，涵妈一边收拾碗筷，一边嘱咐说："子涵，杨梅快熟了，等一下你带朋友去摘一些尝尝。"

"噢！"梁子涵嘴里应着，虎子带头向一条山沟跑去。远远望去，那条山沟全是杨梅树。

"其实我今年已经吃过杨梅了。"林午言不想让梁子涵小瞧，"街上卖的又大又红，可甜了。"

"哼！"梁子涵不屑一顾地说，"那都是人工催熟的，哪有我们山里的味道好。"

"都是杨梅，还有区别吗？"林午言有些怀疑道。

"区别大着呢！那些杨梅施化肥，打催熟剂。哪像我家的杨梅施的是农家肥，还从来不打药。"说到杨梅，梁子涵的话多了起来。"反正我家的是纯天然的，等一下你就知道了。"

说话间，两人来到一棵杨梅树下。林午言抬头一看，树上星星点点挂满了拇指大小的杨梅。这些杨梅大多是青的，少数表面乏着红点，根本看不出有什么好吃。

梁子涵摘了一个半红的杨梅递给林午言，说："尝尝看！"

"这……"林午言迟疑了一下，接过杨梅吹了吹放进嘴里。"哇——"这杨梅和街上卖的果然不一样，酸酸甜甜的，不知道有多爽口。

"怎么样？"梁子涵得意地看着他。

林午言没有说话，他那夸张的表情是最好的回答。

"呵呵呵……"梁子涵快乐地笑了起来。

大吃特吃一通后，林午言的牙齿已经酸得连豆腐也咬不动了。他坐在摇摇晃晃的枝杈上说："一斤杨梅卖七八元钱，你家种了这么多杨梅，一定能赚很多钱吧！”

“不。”提到钱，梁子涵的快乐神色不知跑到哪里去了，他苦恼地说，“我们批发给别人，才两元钱一斤。我爸说了，除去肥料、请工的成本，不亏本就不错了。”

“怎么会这样？”林午言觉得不可思议，“这么好吃的杨梅就算十元钱一斤也有人买啊！”

梁子涵瞅了林午言一眼，“批发商说我们的果子小，卖相不好，城里人不喜欢。加上交通不太便利，每年烂在枝头上的杨梅比卖出的还要多。”

林午言的心猛地抽搐了一下。梁子涵说得不错，每回他买东西，总是喜欢购买那些外表更好看的。不光是他，周围的好多人也是这样。

“其实，我不是不欢迎你来我家做客。”梁子涵突然把话锋转到这件事上，他像是喃喃自语道，“每到杨梅成熟的时候家里都忙得不可开交。我想利用假期帮家里多干些活，我爸爸就可以少请一些工人，少出一点工钱。”

林午言哪里还会责怪梁子涵的冷漠，此时，他的脑海里萦绕着一个问题：怎么样才能让梁子涵家的杨梅走出大山，畅销起来呢？

见林午言久久没说话，梁子涵急切地追问道：“怎么啦？难道你还在生我的气？”

“不，不，不，我怎么会生你的气呢。”林午言如梦初醒，“我能不能带些杨梅回去？”

“当然可以！”梁子涵眉开眼笑道，“你想带多少都行！”

“那好，等一下你帮我摘一些，我要马上带回城里去。”

“什么？”梁子涵诧异极了，神情变得不安起来，“你是不是怪我没有好好接待你？对不起……”

“不关你的事，”林午言摇了摇头道，“是我临时改变主意了。不过，我想我很快又会回来的。”

梁子涵相信林午言后面的话。在他的眼里，林午言就是这样一个奇怪的人，说来就来，说走就走，常常让人摸不着头脑。

就这样，原本打算住上十天八天的林午言，当天傍晚就坐上了回城里的班车。除了那两个旅行包，他的身边还多了一大篮从梁子涵那里“偷”买来的杨梅。因为梁子涵一家人死活不肯收钱，他就把钱悄悄地放进梁子涵的笔盒里了。他计划利用接下来的时间把这深山里的杨梅一一送到同学的手中，让他们品尝，然后想方设法说服他们参加自己组织的乡村自游行活动，目的地——梁子涵家的杨梅林，让他们既感受一下山乡风味又帮助梁子涵家解决困难。而且，那条叫虎子的狗和活泼可爱的小鸡雏或许也能帮上点儿忙……

当天夜里，林午言匆匆地赶回了家。看到他风尘仆仆的样子，爸爸妈妈还以为他落空而归，但从他的脸上又看不出一点失望的神色。

妈妈关切地问：“儿子，你怎么回来了？是不是没有找到朋友？”

“找到了。”林午言提着篮子径直来到厨房，洗了一盘子杨梅端到爸爸妈妈的面前，殷勤地说，“这是我朋友让我带给你们品尝的。”

“嗯，特别有味道。”

“我回想起童年吃杨梅的滋味了。”

爸爸妈妈一边吃着杨梅，一边赞不绝口，听了儿子的想法后，更是举双手赞成。爸爸甚至主动请缨，要把梁子涵家出产的杨梅介绍给一个开罐头厂的老朋友，让梁子涵家的杨梅销售到全国各地去。

深夜，林午言坐在电脑桌前，把如何帮助梁子涵家打开杨梅销路的方案打印出来后，才爬上床甜甜地睡了……

两个男孩的较量

张 莹

两个同样优秀的男孩儿，在学习上较量，在较量中成长，在成长中成为真正的朋友……

说来凑巧，王亮自己也没想到，刚上初中就会遇到这样一个高矮胖瘦都和自己差不多的人，更让人惊奇的是他叫：王小亮，两人名字一字之差啊！成绩，也是一字之差：王亮第一，王小亮第二。

所以，两个人都开始关注彼此，没有理由地成了好朋友。

课上，两个小伙子的眼睛瞪得滴溜圆，总是能和老师的节奏合上拍；一旦有哪个难点出现，同学们面面相觑的时候，他们中的一个必会及时出现，三下五除二将其化解，带动得整个课堂总是春天般的生机盎然。来上课的老师，都眉开眼笑，感觉遇到他们真是幸福呢！

下课的铃声一响，两个小伙子争着跑向门口，去抢门后面的那根跳绳。两个人轮番地跳着，笑着，叫着，还会为谁多跳了几个，争得面红耳赤。要么，两个人会直冲向校园超市，偷偷买上一包方便面，凑在一起，你一口我一口地解馋！即便如此，两个人的成绩都是响当当的，轮番地坐着头把交椅。

初三的时候，两人的疯狂丝毫不减，老师们有点担心了。

王亮的性格相对比较安静一点，王小亮相对要活泼一点，所以，无论做什么，雄赳赳气昂昂地走在前面的肯定是王小亮。那时，大多数同学中午都不回家，午饭都在学校吃。很多同学是边吃着带来的饭，边看书。王小亮说："看，同学们都疯了啊，吃着饭还看书！咱用不着啊，平时就已经把他们拿下了！考试的时候，正常发挥就OK了！"王亮听完笑笑，依旧跟着王小亮疯狂地玩。

老师们发现他们这种无所谓的态度后，纷纷找他们谈心。王亮听了点头称是，回来真的开始抓紧踏实地学习了。王小亮却不以为然，依旧拉着王亮去玩，说："没关系的，你怕什么啊，别搞得自己那么累，该咋样还咋样！"到底青春年少贪玩，王亮禁不住王小亮的"诱惑"，放松了自己，仅仅利用课堂的时间来学习。可是，这哪里够啊，真的不够啊！

转眼，六月麦黄，一片金灿灿地丰收景象。从中考考场回来的王亮和王小亮，骑着单车，飞驰在家乡的小路上，他们觉得，他们都将会是县重点中学的一员。

一个月后，成绩公布。王小亮位列全校第一，超了县重点中学分数线二十一分。王亮位列全校十一，距县重点中学分数线差六分。

王小亮去看王亮，安慰他。王亮只是笑笑："没事儿，三年后咱还是一条好汉。"

九月。王小亮去了县重点中学。王亮去了县里那所普通的中学。

两个人都开始住校了，见面的机会少了，但每个月学校都是要放假的，可以回家一次。于是，每次回家，两个人都会凑到一起，聊个昏天暗地。而王小亮，总是会给王亮一沓厚厚的卷子，那是他一个月以来整理的复习资料。

日子就这样单调而紧张地缓缓流过。

月考、期末考、摸底考的成绩，总在两个学校之间传递着。王亮知道王小亮第一啦，笑笑，继续低头努力。王小亮知道王亮第一啦，也笑笑，继续低头努力。

三年后，两个人迎来他们人生中的又一次大考。

考前，王小亮问王亮：“怎么样，咱能考到一起吗？”

王亮笑：“咋不能啊？咱不是说好了嘛，一块儿去那个大学报道嘛！”王小亮看看他，想说什么，又闭了嘴。

七月过后，大学通知书翩然而至。两个亮堂堂的男孩，都如约收到了那所开满凤凰花的大学的录取通知书。

开心过后，王小亮还是心事重重的样子，总好像有话要说似的。终于，他开口了：“嗨，知道吗？我一直在骗你呢！”

“咋了？”王亮眨着眼睛，很迷惑的样子。

“其实，初三的时候，你的踏实一直让我很害怕，我总担心你超过我，所以……所以我就拉着你去玩，然……然后，回家我就拼命地学……”

“哈哈，这个啊！我就知道你小子没安好心！”王亮笑得那么坦荡，顺手擂了他一拳。

“你不恨我啊？”王小亮真的吃惊了。

“恨啊，中考成绩一出来，我就知道你小子的心思了，和我较真呢。不过，也好，到了普通中学，我就更得加油追你了，就得和你好好较量较量……后来，就不恨你啦，知道你‘良心发现’了，不然，你才不会把重点中学的复习资料给我的，那是多少人都想得到的啊……哈哈，‘功过’抵销了……”

王小亮一下子轻松了起来，使劲地擂王亮。

两个小伙子一下子清凉起来，也许，他们的较量会依然继续，但青春里，那些好笑而纯洁的较量，却让他们彼此成了保底的好朋友，让生命闪着灵动的光。

创世卓越 品质图书
TRUST JOY,QUALITY BOOKS

图书在版编目（CIP）数据

用梦想撬动世界：聪明男孩的智慧书／龚勋主编
．—杭州：浙江教育出版社，2015.5（2016.1重印）
（青春纯美悦读季／邢涛主编）
ISBN 978-7-5536-2951-3

Ⅰ.①用… Ⅱ.①龚… Ⅲ.①短篇小说—小说集—世界 Ⅳ.①I14

中国版本图书馆CIP数据核字（2015）第086653号

用梦想撬动世界　聪明男孩的智慧书
YONG MENGXIANG QIAODONG SHIJIE　CONGMING NANHAI DE ZHIHUISHU

主　　编	邢　涛	网　　址	www.zjeph.com
分册主编	龚　勋	印　　刷	北京鹏润伟业印刷有限公司
设计制作	北京创世卓越文化有限公司	开　　本	720mm×1020mm　1/16
责任编辑	高　蕾	印　　张	9
责任校对	池　清	字　　数	180 000
责任印务	陈　沁	版　　次	2015年5月第1版
出版发行	浙江教育出版社	印　　次	2016年1月第2次印刷
地　　址	杭州市天目山路40号	标准书号	ISBN 978-7-5536-2951-3
邮　　编	310013	定　　价	18.00元